Evelyne Accad • Die Beschnittene

Evelyne Accad

Die Beschnittene

Aus dem Französischen
von Sylvia Ill-Kempkes

HORLEMANN

Die Deutsche Bibliothek – CIP-Einheitsaufnahme
Für diese Publikation ist ein Titeldatensatz
Der Deutschen Bibliothek erhältlich

Originaltitel:
L'Excisée

Bitte fordern Sie unser aktuelles
Gesamtverzeichnis an:

Horlemann Verlag
Postfach 1307
53583 Bad Honnef
Telefax (0 22 24) 54 29
e-mail: info@horlemann-verlag.de
www.horlemann-verlag.de

Umschlaggestaltung:
Karl Debus, Bonn

Gedruckt in Deutschland

Die Beschnittene

Als der Drache merkte, daß er auf die Erde herabgeworfen worden war, begann er, der Frau, die einen Knaben geboren hatte, nachzujagen. Und die Frau erhielt die beiden Schwingen des großen Adlers, um damit zur Wüste, zum Ort ihrer Bestimmung zu fliegen. Dort würde sie eine zeitlang, jahrhundertelang, ja eine halbe Ewigkeit lang ernährt werden, weit weg vom Antlitz der Schlange. Und der Drache spie einen Wasserstrom hinter der Frau her, um sie damit fortzureißen. Aber die Erde rettete die Frau: Sie öffnete ihren Schlund und verschlang den Strom aus dem Rachen des Drachen. Und der Drache entbrannte in Wut gegen die Frau und beschloß, ihre gesamten Nachkommen, all jene, die die Befehle Gottes befolgen und von Jesus Zeugnis ablegen, zu bekämpfen. Und er legte sich auf dem Meeresgrund nieder.

Und die Frau nimmt ihr Kind und läuft,
Sie läuft und läuft zum Meer hin.
Sie hat das Kind in ihren Schleier gewickelt,
Um es vor Sand und Sonne zu schützen.
Und das Kind klammert sich an die Frau.
Die Frau stolpert in den Sand.
Die Sonne steht schon sehr niedrig
Und die Frau fürchtet, nicht anzukommen.

Der Sommer war heiß gewesen. Ein Sommer voller Staub und Wahnsinn, ein Sommer des Zorns, feucht wie die Tränen eines leidenden

Kindes, bitter wie eine unreife Haselnuß. Überall halten bewaffnete Banden Beirut besetzt, schüren Haß, säen Angst, enttäuschen gewonnenes Vertrauen und ersticken die Begeisterung, die zwischendurch aufgekommen ist. Straßen unter demselben Himmel, in derselben Stadt, werden von Barrikaden zerteilt: Bruder kämpft gegen Bruder, Schwester gegen Schwester, Kinder werden in das Chaos hineingerissen. Zwischen christlichem und israelischem Lager dröhnen Geschütze, Kanonen, Maschinengewehre und Raketen, die die Stille zerreißen, Leere erzeugen und alle Hoffnung durchlöchern. Blut ist geflossen: Ein schwarzes, von der Abstammung gezeichnetes, schändliches, rachevolles Blut. Leichen bedecken die Straßen, verbreiten Panik und fordern weitere Tote. Zuerst hat sich das Meer gerötet, doch dann ist es, seine Scham tief hinunterschlingend, tintenschwarz geworden.

Der Präsident hat eine Rede gehalten, die Dringlichkeit der Situation betont, von der Notwendigkeit gesprochen, die Kämpfe einzustellen, die Verhandlungen aufzunehmen und sich bei einer Tasse Kaffee zusammenzusetzen um herauszufinden, wer angefangen hat und warum. Die Führer der verschiedenen Parteien haben gelächelt, sich angesichts der Naivität des Präsidenten an den Kopf gefaßt und den momentanen Waffenstillstand genutzt, um sich neu zu bewaffnen, schnell ihre Toten zu begraben und ihre Angriffe zu planen.

Um so heftiger wird die Schlacht fortgesetzt: noch gewalttätiger, weil noch rachsüchtiger und noch tödlicher, weil von Toten genährt. Allein umherlaufende Fußgänger werden verhaftet, verhört, und je nach ihrer konfessionellen Zugehörigkeit ohne viel Federlesens umgebracht: Entweder kaltblütig und auf der Stelle, gelegentlich unter einem Baum oder manchmal in einem Graben, meistens mit gekreuzten Armen an einer Mauer. Niemals werden sie wissen, warum sie gestorben sind. Häuser, die an strategisch günstigen Orten liegen, werden eingenommen, riesige Kanonen versperren die Fenster. Andere Häuser sind ebenfalls besetzt, die Bewohner erwürgt. Niemand beachtet den Himmel, der seine Trauer in schwarzem Rauch trägt, in undurchsichtigen, ständig zugezogenen Schleiern von beißendem Geruch, die erdrücken, umschlingen, ersticken.

Die Sechste Flotte hat den Befehl erhalten, die Anker in Richtung östliches Mittelmeer zu lichten. Amerika und Rußland sind in Alarmbereitschaft. Amerika will, daß man einem kleinen Land, das seine Maschinen und seine Butter zu schützen sucht, seine nationale Integrität läßt. Rußland ist nicht damit einverstanden, daß sich die Sechste Flotte vor seinen Toren aufhält. Es behauptet, man sei nicht im Begriff, eine nationale Integrität zu schützen, sondern sie aufs Spiel zu setzen und sich alle Integritäten anzueignen. Der Sicherheitsrat hat sich versammelt, um über die libanesischen Probleme zu diskutieren. Eine Abstimmung über die Einstellung der Kämpfe findet statt. Alle votieren dafür, bis auf Rußland, das sich der Stimme enthält. Die Führer der bewaffneten Banden lächeln und fassen sich erneut an den Kopf. Wieder einmal sind sie bei einer Tasse Kaffee und einer Rede gescheitert. Und wieder einmal haben sie Zeit gehabt, sich neu zu bewaffnen und ihre Toten zu begraben.

Auf den zweiten Waffenstillstand folgen Schlachten und schreckliche Massaker, besonders in den Bergen. Seit Jahren schon spüren die Dorfbewohner das Gewitter nahen, ebenso wie sie fühlen, ob der Regen, der ihre Felder bewässern soll, kommt oder ausbleibt und wie sie den Wüstenwind spüren, der sich mit welken Blumen, mit einem kranken Tier oder mit einem erloschenen Stern in einer Sommernacht ankündigt. Selbst in den Dörfern sind sie argwöhnisch geworden, bewaffnen und versammeln sich je nach ihrer Zugehörigkeit. Der libanesische Dorfbewohner ist stolz. Er hat ein Ehrgefühl, geschliffen durch Jahrhunderte des Widerstands gegen alles, was er nicht will, und durch Jahrhunderte dauernden Rückzug in die Berge, um den Verfolgungen zu entkommen. Dieses Ehrgefühl zeigt sich daran, wie er über die Unberührtheit seiner Töchter und die Ehrbarkeit seiner Frauen wacht, und an der Blutrache. Einen Dörfler herauszufordern bedeutet die sichere Niederlage. Die in den Bergen provozierten Kämpfe sind grausam und voller Leidenschaft.

In der Stadt, auf dem flachen Land und in den Bergen zählt ein jeder seine Toten und schreit seinen Schmerz heraus. Es bilden sich Gruppen für gewaltlose Aktionen. Sie streifen durch die von Geschossen übersäten Straßen und an den wie Spielkarten zusammengefallenen Häusern vorbei: katholische Priester, Orthodoxe, Maroniten, sunnitische Scheiche, Schiiten und Drusen, protestantische Pfarrer, jüdische Rabbiner. Alle halten sich an der Hand, schreien gegen das Gemetzel, wollen die konfessionellen Schranken überschreiten. Aber dieser Krieg ist weder ein Krieg zwischen Religionen noch ein Krieg aus religiösen Motiven. Denn vergessen haben sie die Massen, die in Armut versinken und die die Dächer ihrer verfaulten Hütten zu durchstoßen suchen. Vergessen haben sie, daß man nicht Liebe gibt, wo Brot verlangt wird. So verziehen sie sich, wie sie gekommen sind: Eine Menge, die aufwühlt, beschwichtigt und im Moment des Fiebers erfrischt. Viele von ihnen werden geschlagen und stehen nur wieder auf, um zu segnen, bevor sie erneut zusammenbrechen. Viele verschwinden, ohne jemals wirklich verstanden zu haben. Die Frauen weinen, strecken die Arme gen Himmel und flehen Gott um Erbarmen an. Ihre Tränen fließen bis zum Meer, das auf etwas zu warten scheint.

Das Ende, das Ende scheint mit dem Ende des Sommers heranzurücken. Mit der Zeit kommen die Unruhen zum Stillstand, ohne das jemand weiß, warum und wie. Es gibt sogar einen neuen, gewählten Präsidenten. Es gibt sogar ein neues Regime im Irak. Und sogar Amerika lächelt mit seinen blonden, weißen Soldaten, die in den Häfen und in den Schulen jene Mädchen aufreizen, die vor dem traditionsgemäßen Leben geflohen sind. Sogar Regen gibt es, der begonnen hat, die Rauchwolken zu durchlöchern, die Schleier zu zerreißen und das Meer zu erneuern. Alles dies gibt es. Aber keiner versteht. Wo ist der Haß geblieben, der während des ganzen Sommers gewütet hat? Wo der Blitzstrahl, der alles Lebendige niedergeschmettert und terrorisiert hat? Wo ist die Antwort auf das Warum des Krieges? Langsam kehrt Stille ein, eine leere und kalte Stille, grausam wie ein Schwert. Auf dem Grund der Herzen hat sich die Angst eingenistet und keiner wagt zu sprechen, keiner wagt zu fragen. Es ist wirklich das Ende des Sommers.

Frauen, unterwerft euch aufs Neue euren Männern, damit diese, wenn sie nicht auf das Wort hören, durch die Führung ihrer Frauen gerettet werden, indem sie deren reine und enthaltsame Lebensweise sehen! Seid nicht bedacht auf das Äußere, das in geflochtenen Haaren, in Goldschmuck oder in Kleidung besteht, sondern auf das Innere, im Herzen Verborgene, auf die unbestechliche Reinheit eines sanften und friedfertigen Geistes, der ein großes Verdienst vor Gott bedeutet. So zeigen sich erstmals die heiligen Frauen, die ihre Hoffnung auf Gott setzen, ihren Männern untertan, wie Sara, die Abraham gehorchte und ihn ihren Herrn nannte. Ihr sollt ihre Töchter werden, wenn ihr ohne Furcht Gutes tut.

Ihr Männer, zeigt eurerseits Klugheit im Verhältnis zu euren Frauen als dem schwächeren Geschlecht, ehrt sie wie solche, die mit euch den Segen des Lebens geerbt haben!

Das Meer ist von einer Mauer umgeben.
Und die Frau schlägt gegen sie und kratzt sich die Hände wund.
Das Kind ist in den Sand gefallen und weint.

Sagt zu den gläubigen Frauen, daß sie ihre Blicke senken, keusch sein und von ihren Vorzügen nur die ohnehin sichtbaren zeigen sollen! Daß sie den Schleier über ihren Busen legen sollen! Daß sie ihre Vorzüge nur ihren Ehemännern oder den Söhnen ihrer Ehemänner oder den Söhnen ihrer Schwestern und deren Frauen, Sklaven oder männlichen Dienern, die nicht von fleischlicher Lust getrieben werden, oder den Knaben, die noch nicht im Alter der Begegnung mit Frauen sind, zeigen sollen! Daß sie nicht den Boden mit nackten Füßen berühren, um Vorzüge zu zeigen, die verborgen bleiben sollen! Ihr Gläubigen, wendet euch allesamt Allah zu! Vielleicht werdet ihr glücklich werden.

Die Schlange hat sich dem Kind genähert.

Unauffälligen Schrittes, ein wenig verängstigt, geht E. die Straße entlang. Mit großer, durch die Ereignisse bedingter Verspätung hat die

Schule soeben wieder ihre Tore geöffnet. Sie hat die Schule gewechselt, um nicht mehr die mit Kugeln durchsiebte und mit Steinen beworfene Stadt betreten zu müssen. Anstelle der französischen Schule wird es dieses Jahr die englische Schule sein. Der Einfluß der französischen Kultur wird durch den amerikanischen ersetzt werden. Anstelle von Karl dem Großen und Napoleon wird sie sich Coca Cola und Rock'n'roll einverleiben. In den Händen hält sie ihre Schulbücher und einen Stift.

Wie jeden Morgen seit dem Ende der Unruhen hat die Betriebsamkeit in ihrer Straße wieder begonnen, so als ob nichts geschehen wäre, als ob diese Straße niemals den Tod gesehen, als ob hier, wo sich die Straßen kreuzen, niemals ein Kind geschrien hätte. Dort, wo die Obst- und Gemüsehändler die Preise ihrer Waren herausschreien, wo die Hausfrauen die Waren aussuchen, die Preise aushandeln und vortäuschen, daß dieses oder jenes Produkt nicht ihrem Geschmack entspricht, damit sie es billiger erstehen können.

Ihre Aufmerksamkeit richtet sich nach innen, nicht auf den Alltagslärm, der so wenig zu dem Lärm dieses Sommers paßt. Denn da ist das Evangelisationszelt, das soeben in ihrem Viertel aufgebaut worden ist und aus dem jeden Abend Heilsrufe an die Menge ertönen. „Zelt der Erweckung" wird es genannt, weil die Evangelisation die Gewissen zu einer religiösen Erneuerung erwecken, den Haß durch Liebe und die Kluft zwischen den verschiedenen Lagern sowie alle bestehenden Unterschiede mit Christus überwinden soll. Christus, hat er nicht gesagt: „Ich bin der Weg, die Wahrheit und das Leben. Niemand kommt zum Vater, außer durch mich"?

Die Appelle aus dem Zelt erzeugen in ihr jedoch eine Leere und die verzweifelte Lust fortzulaufen, genau wie die monotonen Unterrichtsstunden dieser Schule, die sie zur Zeit besucht. Es hat zu viel Blut gegeben. Zu viele Tote, zu viele zerfetzte Körper, unter einer grausam brennenden Sonne. Zu viele Lager sind dem Erdboden gleichgemacht worden und zu viele Kinder erstickt. Zu viele Angstschreie sind auf die Mauer geprallt. Zu viele verstümmelte Geschlechtsteile, zu viele vergewaltigte Frauen und Kinder, ausgesetzt in einer endlosen Nacht. Zu viele Ungerechtigkeiten und unnütze Leiden, die auf Knien hingenommen worden sind. Wie kann man angesichts solchen Unglücks einfache Lösungen hinnehmen? Wie kann man in sich die Keime des Widerstands ersticken lassen, die doch von Zeit zu Zeit aufgehen und Wüsten zum Blühen bringen, und in sich den Aufruhr der Leidenschaft auslöschen, der die dunkelsten und nacktesten Stellen erleuchtet, der sich in den Herzen und den Leben derer befindet, die nichts mehr zu verlieren haben und deren Verletzungen desinfiziert, die Wunden kühlt und das Übel ausbrennt?

Sie hat die Schule erreicht. Rima, eine ihrer Klassenkameradinnen, zieht sie in eine Ecke: „Hör zu. Du bist einem Mann aufgefallen, und er verfolgt dich seit mehreren Tagen, um dich kennenzulernen. Ich habe ihm gesagt, daß ich dich ihm vorstellen werde. Er wird am Schultor auf uns warten."

Dem Ton, den Rima anschlägt, entnimmt sie, daß sie sich geschmeichelt fühlen müßte. Rima und ihre Clique gehören zu den Mädchen „im Wind", die Elvis Presley hören und mit den Soldaten der Sechsten Flotte flirten. Die meisten Eltern verbieten ihren Töchtern, mit ihnen Kontakt zu haben. Sie schwärzen sich die Augen mit einem Kohlestift, und ihre schwarz-untermalten Blicke suchen zu gefallen und zu fesseln. In ihren Gesichtern liegen Traurigkeit und schicksalhafte Tragik. Sie wissen, daß sie „anders" sind und daß sie ihren Preis dafür zahlen müssen. Sie haben mit bestimmten Traditionen gebrochen, aber sie unterliegen nun einem anderen System von Regeln, das noch brutaler, noch grausamer ist. Der vorher von der Familie verteidigte Ehrenkodex wird nun von der Gesellschaft überwacht. Und die kennt kein Verzeihen: Auge um Auge, Zahn um Zahn. Und wenn es sich um eine Frau handelt: zwei Frauen für einen Mann, zwei Augen für ein Auge, zwei Zähne gegen einen Zahn. Von Zeit zu Zeit setzt eine dieser Revoltierenden ihrem Leben ein Ende, indem sie Gift schluckt oder sich von ihrem Balkon stürzt. Und die Zeitungen führen diese armen Marschunfähigen in der Rubrik „Diverses" an oder erwähnen sie überhaupt nicht. Wieder einmal eine Hysterische auf der Suche nach einer Illusion. Und wenn der Selbstmord ein Verbrechen war, von einem Bruder begangen, der die Ehre der Familie mit Blut reinwäscht, dann applaudiert man. Dann schreit man zum Sieg der geweihten Bräuche.

Die Glocke läutet.

Rima erwartet sie draußen. Eine Minute lang hatte sie gehofft, daß Rima sie vergessen hätte. Die Straße ist glühend heiß. Die Händler suchen in den Winkeln der Häuser Schatten, Kinder in Schulkitteln gehen zum Essen nach Hause. Von Zeit zu Zeit hupt ein vorbeifahrendes Taxi, ein Mann spuckt aus, eine Frau ruft. Die Luft ist erstickend heiß. Sie hat Mühe zu atmen. Rima hat es eilig und zieht sie mit sich.

Er ist da, wartet an der Ecke auf die beiden. Die Sonne prallt auf seinen Rücken nieder und verleiht seiner Silhouette etwas Eckiges. Als er sich ihr nähert, will sie am liebsten davonlaufen. Rima stellt sie einander vor. Der klare Widerhall seines Namens trifft sie mitten ins Herz. Sie wagt es nicht, seiner Bedeutung nachzugehen. Sie schafft es nicht, diesen Mann, dessen Blick sie durchbohrt und der ihre Gedanken zu erraten scheint, anzusehen.

Sie entschuldigt sich. Man warte zuhause auf sie. Sie dürfe nicht zu spät kommen. Das brächte ihr nur Ärger ein. Sie entflieht überstürzt, hastet die Treppe hinauf und kommt völlig außer Atem an.

Die Familie ist bereits am Tisch versammelt und ißt. Sie entschuldigt sich und nimmt neben ihrem kleinen Bruder Platz. Sie schlägt die Augen zum Gebet nieder. Mutter beobachtet sie aufmerksam und füllt ihr den Teller. Vater ist mit dem Essen beschäftigt. Sie hat Mühe zu schlucken. Plötzlich fällt ihr wieder dieser Name ein. Dieser Name, dieser Name ist der Name eines Moslems, mos-le-mi-scher Name, als ob die Dehnung der Silben in ihrem Kopf diese Tatsache ändern könnte! Bedeutsamkeit des Augenblicks, der schon jetzt die schwarzen Wolken über ihrem Kopf zusammenzieht. Wie konnte Rima nur? Und das, obwohl sie ihre Familie kennt!

„Kommst du heute abend vor der Versammlung zum Beten in das kleine Zelt?“ fragt die Mutter.

„Das Blut Christi wäscht euch von allen Sünden rein."

Ein weißes Banner mit diesen Worten ist über dem Zelt aufgespannt. Eine Menschenmenge drängt sich durch die Öffnung ins Innere. In der feuchten Luft liegt feiner Staub, der sich mit einem bitteren Geruch verbindet. Dennoch drängen sich die Menschen aneinander. Einige schütteln sich die Hand, andere umarmen sich. Es sind viele Frauen da, die sie aus ihrer Kirche kennt. Sie tragen alle Kopfbedeckungen und haben demütige, unterwürfige Blicke. Niemals will sie wie diese Frauen sein, nicht jetzt, nicht irgendwann! Niemals wird sie einen schlaffen Körper haben, ihren Kopf bedeckt tragen und in Ekstase vor dem „Höchsten Wesen" lächeln! Niemals wird sie bereit sein, sich in solcher Leidens- und Opferbereitschaft zu beugen!

Vater ist bereits auf dem Podium neben dem Prediger, dessen Worte er übersetzen wird. Die beiden Männer erheben sich, der eine nervös, verdorrt und mager, schwarz gekleidet: der Pfarrer; der andere klein und korpulent, in Grau gekleidet: Vater. Vater und die Dogmen. Vater und die Systeme. Vater, der das Wort kennt und auszulegen weiß. Vater und das Wort. Vater und der Prediger. Alle Mächte vereinigt, um zu erklären, zu führen, zu analysieren, die Wahrheit zu verkünden: Dies ist der Weg, den ihr gehen sollt. Vater, den zementierten, in den Fels gehauenen Weg zeigend. Vater und die vom Allmächtigen Vater, vom Himmlischen Vater erteilten Befehle. Vater, der die Befehle vom Allesvermögenden, Allwissenden und Allgegenwärtigen Vater, von der göttlichen und nie versiegenden Quelle erhält. Vater und die Macht. Vater und der Sieg.

Sie stimmen eine Kantate an, die von der Masse mit Enthusiasmus aufgenommen wird. Der Mann in Schwarz beginnt mit großem Eifer zu predigen. Seine Augen sprühen Flammen, und seine gestikulierenden Hände wirken bald drohend, bald besänftigend. Er wischt sich den Schweiß ab, der von seiner Stirn rinnt. Golgatha und das Blut, die Dornenkrone und das Blut. „Tut Buße. Nehmt Christus in euer Leben auf, und ihr werdet wahres Glück entdecken. Kommt zu Christus, alle die ihr müde und beladen seid, und Er wird euch Frieden geben." Auch Vater ist naß geschwitzt und scheint in Extase versetzt zu sein. „Ich bin die Stimme dessen, der in der Wüste schreit. Tut Buße, bevor noch schlimmere Zeiten kommen. In jenen Zeiten wird es so viel Leiden und so viel Elend geben, daß ihr zu den Bergen sagen werdet: ‚Fallt auf uns!' Und zu den Flüssen: ‚Überschwemmt uns!'"

Die Stadt wird durch Blut gereinigt werden. Und das Kind wird den Löwen und das Lamm auf grüne Auen führen. Um Seines Namens willen. Und der Löwe, das Lamm und die Schlange werden friedlich Seite an Seite weiden. Und der, der geglaubt hat, wird von dem Kind zu wundersamen Quellen geführt werden, wo er eine Krone aus reinem Gold erhalten wird. Um Seines Namens willen. Weil Er über das Übel gesiegt haben wird. Und es wird keine Kriege mehr geben und keinen Haß, weil der Drache für tausend Jahre in Ketten liegen wird. Tausend Jahre Friede auf Erden. Und es wird keinen Hunger und keine Grausamkeiten mehr geben und die Gläubigen werden mit Ihm und mit dem Kind herrschen. Und alle, die gesiegt haben, werden in Begleitung des Kindes, des Löwen, des Lammes und der Schlange auf grünen Auen wandern.

Auf die Aufforderung hin, ihr Leben zu ändern, strömen die Menschenmassen nach vorne. Wie gern würden sie eine Formel kennen, ein Heilmittel gegen ihr Elend, das ihnen helfen könnte, ihr tägliches Leben zu ertragen! Es sind Große und Kleine, Frauen und Männer, Kinder und Alte. Durch die Gänge kommen sie nach vorn: eine aufgeschreckte Masse, die wie zu einer Wunderquelle hingezogen scheint, eine Masse im Fieberwahn, erhoben über die Banalität, über das Alltägliche, über die Bedürftigkeit, angezogen von der Liebe, die alles Wissen übersteigt.

„Lamm Gottes, ich komme, ich komme. Christus hat gesagt: Ich bin die Auferstehung, die Wahrheit und das Leben. Niemand kommt zum Vater, außer durch Mich."

Die einen weinen, andere beten, wieder andere haben die Augen in flehender Haltung zum Himmel erhoben. Sie schaut zu Vater und Mutter hinüber. Beide beten. In der Menge der Zurückgekauften sieht sie einen ihrer Brüder nach vorne gehen. Gewissensbisse plagen sie. Hat sie sich so weit von ihnen entfernt? Müßte sie, ja auch sie sich nicht erheben und zur Erlösung schreiten? Wäre das nicht im Einklang mit den Prinzipien, die sie ihr von der Wiege an eingeschärft haben? Warum bringt sie es nicht fertig? Was hält sie zurück?

Wie sanft und verführerisch die Masse doch ist! Nur ein einziger Schritt und sie würde in den Strom aufgenommen. Alle Probleme hätten damit eine Antwort. Und sie würde geradewegs der ewigen Ruhestätte entgegengehen. Aber will sie denn diese Antworten, diesen Rückzug? Sie will doch gerade in sich den schmerzenden Widerstand und die zerreißenden Fragen spüren, das Gefühl haben, daß sie existiert, weil sie verantwortlich ist. Sie will nicht, ja sie will doch nicht sterben, noch bevor sie gelebt hat, bevor sie das Warum dieser Erregung, die sie bewegt und quält, verstanden hat. Selbst die Angst ist dieser Selbstverleugnung vorzuziehen. Selbst Leiden ist mehr wert als solch ein Verzicht.

Die Bewegung hat aufgehört. Sie fühlt sich erleichtert. Aber ein Druck schnürt ihr noch die Kehle zu. Sie beeilt sich hinauszukommen, versucht, die Masse zu umgehen. Draußen hat es zu regnen angefangen. Die Hitze des Tages ist wie weggefegt, die Luft gereinigt. Sie hat Lust, dieses vom Staub und Schmutz der Stadt angefüllte Wasser aufzusaugen und sehnt sich danach, lange und weit in diesem wohltuenden Regen, der noch ganz von der Wärme des Tages erfüllt ist, zu laufen.

Und wenn die Weissagungen erfüllt sein werden, sieben Tage lang, wird der Himmel sich spalten. Die Wolken werden zerreißen, und Er wird oben in all Seinem Glanz erscheinen. Die Sonne wird sich mit der Erde vereinen. Die Quellen werden überlaufen und zu unendlichen Flüssen anschwellen. Das Zentrum der Erde wird in tausend Stücke und in tausend Lichter zerspringen. Und das kleine Kind wird sie zum Licht führen, wo sie über das Böse, über die Kriege, über die Kräfte der Macht und der Zerstörung, ja über die Kräfte des Todes siegen werden.

Wir sind im Warmen, im Schutz unserer Häuser, in unseren Heimen, die nach frischer und gebügelter Wäsche riechen, nach geseiften Kacheln, polierten Möbeln und Türen. Draußen tobt der Sturm. Irgendwo heult ein Hund, irgendwo rattert ein Maschinengewehr, und im Zelt weint und schreit das verlassene Kind. Der Süden ist geteilt. Und die Wellen brechen sich an einem Strand voller Blut und Schande. Der Vogel schwebt, dann stürzt er unter der Last eines schneidenden Windes voller Kanonenstaub und Haß in die Tiefe.

Im Hof einer Schule spielen Mädchen in Uniform und übertönen mit ihrem Lachen die Detonationen der Flugzeuge. E. ist traurig, verschreckt, hin- und hergerissen zwischen widersprüchlichen Gefühlen und Angst vor der neuen Situation. Soeben ist dort im Herzen einer neuen Wüste eine große Blume gepflanzt worden. Sie ist schön, aber flüchtig, weil die Wüste sie besiegen und die Trockenheit sie töten wird; und ein heißer, gefühlloser Atem wird ihre empfindlichen und zarten Blüten fortwehen. Und der Wind wird Sandstaub über alles wehen, das lebt, auf alles, was atmet und den Tod zu besiegen sucht. Und die Vereinigung der beiden sich liebenden Wesen wird verdammt werden wie etwas Anrüchiges und Verbotenes. Und die entstehende Liebe zwischen einer Christin und einem Moslem wird an der Wurzel zerschnitten werden, ausgerissen, noch bevor sie wachsen und Knospen und Früchte tragen konnte. Und umsonst wird das kleine Kind den Weg zum Fluß suchen. Der Fluß wird verdorrt sein und alle Quellen ausgetrocknet und verbrannt. Den Morgenstern wird ein Schleier von Staub und Tod umgeben. Und der Vogel wird ersticken, durch Napalm getötet und in Asche verwandelt werden.

Rima nähert sich ihr.

„Also? Wie findest du ihn?"

„Wie konntest du nur? Ein Moslem... Er ist doch ein Moslem, oder?"

„Ja, Palästinenser, ich glaube aus Jaffa."

„Ah, auch das noch!"

„Findest du nicht, daß er aussieht wie James Dean? Du könntest mit ihm in einer Gruppe ausgehen, zusammen mit anderen. So wie ich – meine Eltern lassen mich nicht alleine mit einem Freund ausgehen. Dann muß man es eben arrangieren."

Rima, eine junge Araberin, emanzipiert, weiß sich zu „arrangieren", findet Auswege, verschlungene Wege. Ein junges arabisches Mädchen, das in Verzückung über alles gerät, was amerikanisch ist: über den amerikanischen Mann, als sei er ein Gott, ein junger, blonder Gott wie James Dean: schelmischer Mund, sinnlicher Blick, selbstmörderisches Leben, heroisch im Dienst der Konsumgesellschaft, junger Christus, gekreuzigt für Konservenbüchsen. James Dean, palästinensischer Moslem aus Jaffa, ein unmögliches, aber von Rima gewolltes Gemisch. Amerika, das Palästina verschlingt und es erbricht, nachdem es sich daran überfressen und ihm allen Lebenssaft ausgesaugt hat. Und Rima, das Unbewußte, fixiert auf all das Dean-Presley-Graham-York-Coke-Rock-Doll-Sex-Machine-Roll, tanzend, tanzend, tanzend – bis ihr der Atem ausgeht und sie vor der Freiheitsstatue niederkniet, die Lippen auf den kalten Marmor gepreßt, Gott dankend für das Gnadengeschenk, Amerika ausersehen zu haben, um Sein Wort und Seine Kirche siegen zu lassen und Heil und Erlösung, das Leben durch den Jesus-Christus-Dollar, triumphieren zu lassen, damit rassistische Kirchen, KKK-Kirchen, Ford-Kirchen, Polaroid- und Exxon-Kirchen existieren können.

Und Rima begreift nichts. Niemals würde man sie ausgehen lassen, weder allein, noch in Begleitung. Bei seltenen Gelegenheiten war sie zum Geburtstag von Klassenkameraden gegangen. Jedesmal hatte sie sich vor ihren herausgeputzten Mitschülern, die mit ihrer Aufmachung prahlten, eingeengt und schlecht angezogen gefühlt. Sie hatte diese Feste gemieden, die in ihr angesichts des vorgeführten Reichtums nur eine gewisse Verbitterung hervorriefen. Einmal hatte sie sogar ein Bruchstück eines Gesprächs aufgeschnappt, das sie mitten ins Herz traf: „Wie geschmacklos dieses Mädchen angezogen ist, diese Missionarstochter! Wirklich vulgär..."

Innerlich hatte sie diese Beleidigung in ihr Gegenteil verkehrt: Vulgär waren sie doch selber, diese Familien, die ihre Güter auf Kosten der Armen in den Elendsvierteln angehäuft hatten, die nur zwei

Schritte von ihren eingemauerten Villen hausten! Diese bürgerlichen libanesischen Familien und diese Töchter aus „gutem Hause“, die aus Snobismus die französische Schule besuchten, um das „französische Französisch“ sprechen zu lernen und sich nach Pariser Mode zu kleiden. Sie verachtete ihre Haarschleifen aus rosafarbenem Satin, die ihre seidenweichen Zöpfe zusammenhielten, die Kuchen und die Sofas der schweizerischen Konditorei „Die Bürgerin“ und diese lautstarke Zurschaustellung ihres Komforts.

Am Mittag nach der Schule wartet er am Eingang auf sie. Will er Rima oder eines der Mädchen aus ihrer Gruppe treffen? Nein, sie ist es, auf die er mit dem leicht spöttischen Lächeln zukommt, das sie schon öfter bemerkt hat. Hinter ihr flüstern die anderen und blicken voller Neid herüber. Blonder Moslem mit blauen Augen, ein palästinensischer Gott, auferstandener James Dean, der amerikanische Schwarm. Und alle jungen Libanesinnen sind außer sich, im Fieberwahn, und alle jungen emanzipierten Araberinnen tanzen Rock‘n‘Roll beim Licht der Fackel Elvis, die springt und vibriert. Und alle jungen Araber vergessen den Krieg bei dem Klang der USA. Und alle jungen libanesischen Christen tragen das Kreuz USA. Und mit seiner Blondheit eignet Amerika sich Palästina an: mit dem Blond des Kornes, dem Blond des Brotes, dem Blond, von dem die Bettlerin an der Ecke wie von einem Glücksbringer, wie von einem Zaubertrunk spricht: „Für deine blauen Augen, o mein Blonder, daß Gott sie dir vervielfältige!“

Die Ablehnung des Arabers gegenüber dem Schwarzen. Schwarze Haut, weiße Masken. Das Schwarz des Kornes, das Schwarz des Brotes, das Brot des Brotes.

Das Brot der Rückkehr
Das Brot der Hoffnung
Das Brot des Lebens

Er zieht sie durch die von der Mittagssonne aufgeheizten Straßen. Er will sie wiedersehen. Er will, daß sie zuhause Ausreden erfindet, um ihn sehen zu können, damit sie Zeit füreinander haben. Sein Blick ist zärtlich, die Kraft seiner Augen unwiderstehlich. Das ist das Palästina der Hoffnung: Das Blau des wiedergefundenen Meeres. Blumen einer wiedereroberten Erde. Bäume einer bewässerten Wüste. Zerdrückte saftige Trauben.

Wein, der im Blut fließt,
Im Blut der Schande und des Hasses.
Eine Vereinigung trotz der Fußeisen und trotz des vergossenen Blutes.

Aber sie will ihre Familie nicht belügen. Sie weigert sich, ihn zu sehen. Sie sagt Nein zu der aufkeimenden Hoffnung, weil sie nicht lügen und keine unehrlichen Wege gehen will, weil sie es ablehnt, Dinge zu verstecken und sich zu arrangieren.

„Ich möchte aufrichtig sein! Ich kann nicht lügen, betrügen, verheimlichen."

„Ah, du magst nicht lügen! Du bist altmodisch! Das liebe ich an dir. Aber ich bin geduldig. Ich kann warten."

Als sie heimkommt, ist die Familie bereits am Tisch versammelt. Es ist Mittwoch, und ihre Lieblingstante ist da. Mutter betrachtet sie eindringlich. Ahnt sie etwas? Schon wird sie von Vater ausgefragt: „Du kommst ganz schön spät. Was hast du getrieben?"

„Die Lehrerin mußte uns eine Aufgabe erklären."

Die erste Lüge, die ihr den Mund verbrennt, aber sie kommt ihr dennoch schnell über die Lippen.

Die erste Verwundung ihrer beschützten, abgeschirmten, eingepferchten Seele. Es ist nötig, ja notwendig, sagt sie sich. Sie schaut auf ihren Teller herab, um nicht die Spiegelung ihrer Lüge in Vaters Gesicht zu sehen.

Eine Frau vor einer Mauer. Eine Frau, die betrügt, um leben zu können. Eine Frau, die sich arrangiert, um leben zu können. Eine Frau, die die Mauer mit einer Nadel durchbohrt, um die andere Seite ihres Gefängnisses, die Seite der Freiheit, die Seite der Ferne, sehen zu können. Eine Frau, die langsam und geduldig arbeitet, um atmen zu können, um nicht ersticken zu müssen, um die Weite wiederzufinden, die zum Meer und zu den unendlichen Wellen führt.

„Ich habe euch ein Buch mitgebracht", sagt die Tante. „Es heißt: ‚Auf der Suche nach dem Eldorado'. Es ist die Geschichte der Hugenotten-Märtyrer in Frankreich. Unter ihnen waren sogar Kinder, die bereit waren, sich lebendig verbrennen zu lassen, um nicht das wahre Evangelium verleugnen zu müssen."

Seit ihrer frühesten Kindheit liest die Tante ihnen ihre Geschichten vor, die sie nähren wie Milch aus der Mutterbrust. Die Tante hat eine sanfte und eindringliche Stimme. Ihre Geschichten sind oft fesselnd und führen weit weg in Traumländer voller Kinderhelden, die sich wortlos, oder Triumphgesänge anstimmend, von Löwen verschlingen oder lebendig verbrennen lassen. Oft haben Vater und Mutter ihr gesagt, daß die Zeiten der Verfolgung wiederkehren können und daß man bereit sein muß zu sterben, anstatt seinen Glauben zu verleugnen. Sie denkt gern an das Glück, heroisch zu sterben. Wie würde sie die beißende Flamme ertragen, das Zerreißen. Manchmal verbrennt sie sich, um die Grausamkeit dieses Aktes und die Tiefe ihrer Unerschütterlichkeit kennenzulernen. Und die Stimme zieht sie weit fort, sehr weit, zu einem geöffneten Himmel hin, von dem Engel mit leuchtenden und goldenen Flügeln herabsteigen, ausgedörrte Kinder aufheben und sie mit Tränen aus tausend Edelsteinen benetzen. Alle Auserwählten werden über eine Straße aus reinem Gold geleitet, die zu dem strahlenden, ewigen Palast führt. Andere Engel spielen Siegeshymnen auf Trompeten und Zimbeln. Der Sieger erhält ein weißes Kleid, eine Goldkrone und Edelsteine. Und die Stimme verwandelt die Kronen in rosafarbene Bänder, in Atlasschleifen, wie sie sie bei ihren Schulkameradinnen in der französischen Schule gesehen hat. Und die Engel werden zu Müttern, die ihnen den Rumkuchen aus der „Bürgerin" bringen.

Die Musik verwandelt sich in die Nationalhymne. Alles dreht sich in ihrem Kopf. Aber die Stimme erklingt. Im Palast steht der Thron des Lammes. Das Lamm ist Christus und er sieht sie an, dankt ihr dafür, daß sie für ihn gelitten hat. Aber dieser Christus hat sich in einen palästinensischen Moslem verwandelt, in einen palästinensischen Moslem aus Jaffa, der nicht zu dem Eldorado gehört; ein palästinensischer Moslem ist kein Lamm.

An jenem Abend ist die Botschaft des Zeltes eindringlich, direkt, glühend wie ein Stern, geschmiedet aus dem Stahl der Gebete Auserwählter.

„Aber denen, die Ihn zurückgewiesen haben, behält Er einen glühenden Schmelztiegel vor."

Die Stadt steht in Flammen. Die Stadt brennt, sich krümmend vor Angst und eingezäunt von Stacheldraht. Das kleine Kind ist erblindet und sucht tastend nach der Straße, die zum Fluß führt. Seine Hände werden von Dornen aufgerissen. Die Sterne sind erloschen, verschlungen von den Flammen des Hasses.

Und die Frau sucht nach einem Ausweg
Die Frau schleift geduldig an dem Stein, der sie getroffen hat
Die Frau drückt ein totes Kind an sich
Die Stadt liegt unter Asche begraben

Der Prediger spricht von einer Reise jenseits des Ozeans in einem Flugzeug, worin er mit seiner Familie fast umgekommen wäre. Es gab keine Hoffnung mehr. Doch durch das Gebet und ihren Glauben sind sie gerettet worden. Der Sünder gleicht diesem Reisenden in dem brennenden Flugzeug. Denn der Untergang, das ist die Welt mit ihrer Begierde. Nur das Gebet kann Rettung bringen. Nur Christus vermag den Sünder zu befreien und ihn dem glühenden Schmelztiegel, dem Tod, zu entreißen.

Aber sie möchte schreien gegen die Ungerechtigkeit, die ihre eigene Auffassung von Gerechtigkeit auf ganz Palästina ausdehnen will, auf das Palästina, das gelähmt vor den Kräften der Macht, des Wissens und des Denkens liegt. Sie schreit für die Frauen, die in Tücher eingenäht sind, die in den Gärten beschnitten werden, für den toten Vogel auf der Kreuzung.

Auch die Tante macht einen benommenen Eindruck und bittet darum, zu einem Taxi begleitet zu werden. E. führt die Tante über die Allee. In der Menge fühlt sie einen eindringlichen Blick, den Blick Palästinas. Eine ganze Welt geht durch sie hindurch. Eine ganze Welt versucht, in sie einzudringen. Eine Welt, der sie sich öffnen, die sie verstehen will. Es ist der Ruf der Ferne, des Unbekannten.

Die Tante umarmt sie und steigt in das Taxi. Während E. ihr zuwinkt, fährt das Auto davon. Plötzlich steht er ihr mit seinem spöttischen Lächeln gegenüber.

„Ich war heute Abend im Zelt. Ich wollte dich sehen. Ich hätte mich fast bekehrt, damit dein Vater mich akzeptiert."

„Wenn du dich um einer Sache willen bekehrst, ist es keine Bekehrung mehr."

„Es war ein Scherz. Ich habe nicht die Absicht, mich zu bekehren. Ich glaube an keine Religion. Sie schaffen lediglich Klüfte zwischen den Menschen, zwischen den Völkern. Für mich ist der Islam jedoch ein Ausdruck des notwendigen nationalen Erwachens. Schau, das ist es doch, was den Algeriern im Moment hilft, zu kämpfen. Das ist es, was sie eint, was ihnen die notwendige Stärke gibt, ohne die sie nichts wären. Wenn man aus seinem Land vertrieben worden ist wie ich, wird man sich umso stärker seiner Herkunft bewußt, und diese ist unglücklicherweise mit der Religion verknüpft."

„Aber die christliche Religion ist auch eine arabische Religion."

„Für mich nicht."

Er gibt sich hart, unbeugsam, schroff. Er ist ein Fremder geworden, der ihr Angst einflößt. Sie nähern sich ihrem Haus und E. deutet ihm an, aufzubrechen. Bevor er fortgeht, zieht er sie an sich und küßt sie leidenschaftlich auf den Mund. Ein Kuß voller Zärtlichkeit und Besitzgier. Ein ersehnter und zurückgewiesener Kuß. Ein Mann, der seiner sicher ist, seiner Macht und seiner Stärke. Sicher ein Mann, der in die Frau eindringt, um sich zu bestätigen, daß er der Herr ist, daß er der Schöpfer der Gärten, der Ebenen und der Ernte ist.

Palästina-Frau
Palästina-Garten
Palästina-Kind
Palästina der verlorenen und wiedergefundenen Welten.

„Jedoch all denen, die Ihn angenommen haben und die an Seinen Namen glauben, hat Er die Macht gegeben, Kinder Gottes zu werden."

Die Worte schweben im Raum des Zeltes, Worte, die aufwühlen und ausfüllen wollen. Biblische Worte, jahrtausende alte Worte, die die Massen zu allen Zeiten gehört haben: „die Macht, Kinder Gottes zu werden." Zauberworte, Heilmittel gegen Elend und zur Linderung der Angst.

„Den Feigenbaum erkennt man an seinen Feigen und den Ölbaum an seinen Oliven. Ebenso erkennt man das Kind Gottes an seinen Früchten. Das ‚Amen' sagt: ‚Ich kenne deine Werke.' Ich weiß, daß du weder kalt noch heiß bist. O, wenn du doch kalt oder heiß sein könntest! Deshalb, weil du lau bist und weder kalt noch heiß, werde ich dich aus meinem Munde ausspeien. Jedoch all die, die ich liebe, nehme ich zu mir und züchtige sie. Deshalb sei eifrig und tu Buße. Sieh, ich stehe vor der Tür und klopfe an. Wenn einer meine Stimme hört und die Tür öffnet, werde ich zu ihm hereinkommen und mit ihm speisen, und er mit mir."

Tyros steht in Flammen
Tyros ist von dem Mann aus dem Süden vergewaltigt worden
Und der Mensch schlägt die Erde
Und der Mensch raubt die Häuser aus
Und der Mann schlägt der Frau die Zähne aus und reißt ihr die Haare einzeln aus.
Und er zerschlägt den Schädel des Kindes.

Und das Wort ist verkündet. Und die Sprache des Menschen ist gegründet auf Wahrheit. Und die historischen Fakten werden als Beweise des Sieges zitiert, als Beweise der Zivilisation, als Beweise für Wissen, für Können, für Fortschritt. Und der Mann schwingt seine Phallus-Wissen-Sprache wie eine Fahne, unter der man sich beugen, die man anerkennen muß, wenn man die Wahrheit kennen will, wenn man Geschichte machen, wenn man den Fortschritt, seine Zeit, mitbestimmen will! Und die Macht der historischen Tatsachen, des Könnens und Wissens, zerstört die Kräfte der Zärtlichkeit, der Liebe und des Lebens. Und die Erde spaltet sich in einem gewaltigen atomaren Holocaust. Und das Leben ist durch das Wort zerstört worden.

Rima hat sich mit P. (dem Palästinenser) nahe zu ihr gesetzt. Beide flüstern und lachen. Die jungen Ordner im Zelt bitten E., ihre Freunde zur Ruhe zu mahnen. Sie gibt den beiden ein Zeichen, ihr zu folgen, und sie verlassen das Zelt gemeinsam. Schwere mißbilligende und richtende, aber auch erstaunte Blicke konzentrieren sich auf die drei.

„Was ist denn?" fragt Rima.

„Der Aufpasser war wütend über dein Lachen und hat mich gebeten, euch zur Ruhe zu ermahnen. Ich habe es aber vorgezogen zu gehen."

„Aber warum hat er uns nicht selber angesprochen?"

„Vergiß nicht, daß sie die Tochter des Pastors ist!" antwortet P. in spöttischem Ton.

„Ich mache mich auf den Heimweg", sagt Rima. „Ich bin ja nur hier, um P. zu begleiten, denn er hatte Angst, allein die Höhle des Löwen zu betreten. Und wie ich sehe, war seine Furcht durchaus berechtigt."

Er nimmt E. an der Hand und sie laufen durch die von der Sonne des Tages noch erhitzten Straßen. Lange Zeit gehen sie schweigend durch die kleinen Gassen, die nach Fisch, Knoblauch und Gebratenem riechen, spazieren auf den großen, von tausend Lichtern erhellten Boulevards der „Taubenhöhle" mit ihren lärmenden Taxis, den fluchenden und ausspeienden Fahrern, den vor einem Eis oder einem Kaffee sitzenden Passanten, und lauschen der aus den Diskotheken tönenden Musik: den sehnsuchtsvollen Melodien der Klagelieder Um Kalthums oder den leidenschaftlichen Rhythmen Elvis Presleys.

Und alle diese Straßen waren gestern noch mit Barrikaden versperrt
Voll von Kreuzen
Übersät mit Kanonenkugeln und Ziele von Bomben und Rache-
flammen
Große Straßen, bedeckt mit Blut und Kadavern
Taubenschlag entflogener, verschreckter Tauben
Der hinausragt über ein grausames, gefühlloses Meer
Vertriebene, verfolgte, verbrannte Tauben
Passanten, die Zeugen von Zerreißen, Zerfetzen und Hinrichtungen
waren, schließen die Augen, wollen das Gesehene verdrängen und
vergessen.
Melodien hätten das Unrecht bewußt machen sollen, um sich in ei-
nen Aufruf zur Umgestaltung der Gesellschaft und zur Erneuerung
des Lebens zu verwandeln.

Je näher sie dem Meer kommen, desto feuchter und salziger wird die Luft. Trotz der Gesetze, der Ehrenkodexe und des Kontaktverbots zwischen den verschiedenen politischen Gruppierungen, breitet sich um sie herum ein verbindendes und schützendes Schweigen aus. Ein Schweigen, das sich über die bestehenden Schwierigkeiten, die Konventionen, die Wut der Schwerter und Maschinengewehre, den sich allseitig ausbreitenden Bürgerkrieg, der immer breitere Bevölkerungsschichten einbezieht, und sogar über die toten Vögel, die zu den Wolken aufgebrochen waren, erhebt.

Sie sitzen auf einem Felsen, der über die Klippen hinausragt. Weit unten erblickt sie das Meer, das sich mit einem sanften und gleichmäßigen Geräusch am Strand bricht, einem Geräusch der Heilung.

Immer wieder neu entstehendes Meer
Meer, das das Blut von den Steinen leckt
Meer der Hoffnung und der Wiederkehr
Mit Worten, Tränen und Sehnsüchten
Uraltes Meer
Meer, das in sich die müden und verfallenen Körper trägt.

Er hält noch immer ihre Hand und streichelt sie zärtlich. Ein Gefühl des Wohlbehagens und der Befreiung strömt wie eine Welle von Zuversicht und Hoffnung in sie ein. Es gelingt ihr zu sprechen, ihrer Begeisterung Ausdruck zu verleihen.

„Ich würde gern sein wie dieses Meer: frei, dorthin zu gehen, wohin ich möchte, zu machen, was ich will, frei zu schimpfen, aufzubrausen, frei, in Frieden zu leben. Den Systemen zu entfliehen und im Unendlichen zu existieren! Mich allein zum Himmel gesellen und in seinem Blau treffen, mich verewigen, mich unsterblich machen, aber nicht für ein anderes System, ein System von Engeln, von goldenen Straßen, weißen Kleidern, Chorälen... Unendlich leben und ohne System leben, mich in dir wiederfinden, mich zu dir gesellen, dich und Palästina verstehen, den Haß durch einen wahren Liebesband vertreiben, eine Liebe, die sich auf gegenseitiges Verstehen gründet, auf Zärtlichkeit und Vertrauen; dann in diesem Meer verschwinden, um nie mehr wiederzukehren, um nie mehr wissen zu müssen, daß diese Begegnung nie existiert hat, daß diese Verbindung nicht dauerhaft sein kann, so wie alles wirklich Schöne."

„Heute abend hast du mich überrascht. Du hast den erstaunlichen Mut bewiesen, allen Schwierigkeiten zu trotzen. Ich habe gleich verstanden, daß zwischen uns eine Bindung besteht, die alle Schwierigkeiten zu überwinden fähig ist. Zusammen werden wir die Welt neu erschaffen, zusammen werden wir die Hindernisse, die Gräben zwischen unseren beiden Kulturen überwinden und einen Kompromiß finden. Zwar liebe ich Kompromisse nicht, aber sie sind notwendig, und ich spüre, daß sie mit dir möglich sind, weil wir ein gemeinsames Ziel haben. Zusammen werden wir für Palästina arbeiten."

„Aber was ist Palästina? Ein Ziel, Kinder, eine Liebe, ein Land, ein Trugbild, ein Krieg, Frieden, eine gemeinsame Arbeit, ein Symbol, ein Wort, auf das wir eine Welt bauen, ein Abkommen, auf das wir unser Leben bauen können?"

„Es ist zu umständlich, es dir zu erklären. Palästina ist für mich etwas sehr Präzises, das ich dir eines Tages erklären werde. Heute ist es zu spät, es ist besser, wenn wir heimgehen."

Mit einem mal ist er verkrampft, traurig und verschlossen. Sie weiß nicht warum, aber sie hat Angst, Angst vor diesem neuen Gefühl, das sie in der Nähe der Wellen überkam, Angst vor ihm, der plötzlich ein Fremder geworden ist, vor dieser bitteren Wunde, die sie in ihm entdeckt, Angst vor ihrer eigenen Unerfahrenheit, ihrer Unfähigkeit, das Leben und den Zusammenhang der Dinge zu verstehen und sich selbst kennenzulernen. Ihr Rückweg ist gehüllt in ein schweres und gewittriges Schweigen. Er hält sie nicht mehr an der Hand.

Die Erde hat Risse
Die Erde zerbricht
Die Erde taumelt
Die Erde taumelt wie ein betrunkener Mann
Sie schwankt wie eine kleine Hütte
Unter der Last ihrer Schuld
Sie fällt und steht nicht wieder auf
Die Erde zerbirst in einem gewaltigen atomaren Holocaust
Sie wird von den verheerenden Kräften des Menschen zerschlagen
Sie beugt sich unter dem Wissen und der Phallus-Sprache
Die Erde stirbt, wird vom Menschen erstickt
Und das Kind sucht vergebens nach der Straße zum Fluß
Und das Kind sucht vergebens nach der nährenden Brust
Und das Kind sucht vergebens die Hand, die es besänftigt und beschenkt.
Alle Straßen sind abgeschnitten.
Alle Wege versperrt.
Ohne einen Ausweg.

E. betrachtet sein Profil, das hart und verschlossen wirkt. An der Ecke einer benachbarten Straße hält sie an und bittet ihn, sie nicht weiter zu begleiten. Er sieht sie an und entfernt sich ohne ein weiteres Wort. Sie beobachtet seinen etwas nachlässigen und schwerfälligen Gang, das Gewicht, das auf seinen Sohlen und seinem Rücken zu lasten scheint. Sie ist traurig und niedergeschlagen. Sie hat Angst, ihren Eltern gegenüberzutreten. Was ihnen sagen? Es wäre fast besser, zum Meer zurückzugehen und in der salzigen Luft bei dem Geräusch der Wellen einzuschlafen, zusammengekauert im Sand und zwischen den Algen, weit fortgetragen, vergessend, daß sie einmal existiert hat, daß Palästina existiert und daß es ein Geheimnis in einem doppelt verschlossenen Tresor trägt, ein Geheimnis, das sie vielleicht niemals kennen wird.

„Und in der rechten Hand dessen, der auf dem Thron saß, sah ich ein Buch, von innen und außen beschrieben und versiegelt mit sieben Siegeln. Und ich sah einen mächtigen Engel, der mit kräftiger Stimme rief: ‚Wer ist würdig, das Buch zu öffnen und seine Siegel zu brechen?' Und niemand, weder im Himmel, noch auf der Erde, noch unter der Erde, vermochte das Buch zu öffnen und zu betrachten. Und ich weinte sehr darüber, daß niemand gefunden werden konnte, der würdig war, das Buch zu öffnen und zu betrachten. Und einer der Alten sagte zu mir: ‚Weine nicht! Siehe, der Löwe des Stammes Judas, der Sprößling Davids, hat gesiegt und vermag das Buch und seine sieben Siegel zu öffnen.'"

Sie hat keine Angst mehr. Sie weiß, daß sie siegen wird. Sie weiß, daß die Kräfte der Wahrheit, der Liebe und der Zärtlichkeit in ihr aus Schleimhäuten, Muskelfasern, aus heißem rotem Blut, milchgefüllten Zellen und fleischgefütterten Bauchwänden und Eingeweiden neues Leben schaffen werden. Ja, einen mächtigen Ausbruch des Lebens, des Wiederaufblühens und der Neuschöpfung.

Als sie die Treppen hinaufsteigt, hört sie Vaters Stimme in einem bedrohlichen Tonfall: „...zu viel Freiheit... Sie muß in ihre Schranken verwiesen werden!"

Es wäre besser umzukehren. Sie kennt ihn, Vaters schweren Ledergürtel, der sie mehr als einmal schon aus weniger schwerwiegenden Gründen getroffen und violette, blaue und schwarze Spuren auf ihrer Haut hinterlassen hat. Doch es ist schon zu spät. Mutter hat ihr Kommen bemerkt und öffnet mit vorwurfsvollem Blick die Tür. Mit einer Geste der Herausforderung bleibt E. stehen. Warum sollte sie

Angst vor ihnen haben? Sie muß siegen, jetzt oder nie, siegen, um Palästinas würdig zu sein, siegen, um das verborgene Geheimnis zu entdecken, das sie mit Neugier und Hoffnung erfüllt.

„Höre die Worte des Heiligen, Wahrhaftigen, dessen, der den Schlüssel Davids besitzt, dessen, der so öffnet, daß keiner mehr schließen kann und der so schließt, daß keiner mehr öffnen wird: Ich kenne deine Werke. Siehe, weil du nur Geringes vermagst und mein Wort bewahrt hast und meinen Namen nicht verleugnet hast, habe ich dich vor eine offene Tür gestellt, die niemand zu schließen vermag. Den, der siegen wird, werde ich im Tempel meines Gottes in eine Säule verwandeln und er wird den Tempel nie mehr verlassen; ich werde auf ihn den Namen meines Gottes schreiben und den Namen der Stadt meines Herrn, des Neuen Jerusalem, das aus Gottes Nähe vom Himmel steigt, und meinen neuen Namen."

Vater hat das Zimmer verlassen. Seine Abwesenheit kündigt das bevorstehende Gewitter an. Es ist das Schweigen der Stärke, der Macht, das Schweigen, das herrscht, das Unterwerfung und Abhängigkeit erzwingt. Sieg wortloser Autorität.

„Wo warst du?" fragt Mutter.

Sie wagt es zu sagen: „Ich habe Freunde, die im Zelt waren, nach Hause begleitet."

„Handelt es sich um die Freunde, denen es während der Predigt an Respekt fehlte? Man hat Vater erzählt, daß seine Tochter mit Freunden gelacht hat, während er predigte. Da er sehr verärgert ist, wirst du dich ihm erklären müssen."

„Aber es gibt nichts zu erklären. Ich habe nichts Schlechtes oder Respektloses getan. Man will mich anschwärzen, das ist alles."

Es war also der kleine Heilige aus der Kirche, der Vater vom Verhalten ihrer Freunde berichtet hat. Wie sie diese Heuchelei und diese Gebetsatmosphäre verachtet! Wie weit sie doch von ihnen entfernt ist, wie weit entfernt von ihrer Engstirnigkeit und ihren sauber-gerechten Allüren. Sie sind wie die Pharisäer, die Christus verdammt hat. Sie sind sogar noch schlimmer als die Pharisäer, denn sie predigen die Botschaft von Christus selbst, Botschaft des Verzeihens und der Liebe, während die Pharisäer sich mit dem Gesetz, dem Gesetz Moses und des Alten Testamentes identifizierten!

„Seid alle beseelt von den selben Gedanken und Gefühlen, voller brüderlicher Liebe, Mitgefühl und Demut! Vergeltet nicht Schlechtes mit Schlechtem oder Verleumdung mit Verleumdung, sondern segnet, denn dazu seid ihr berufen, damit ihr selbst gesegnet werdet! Segnet, die euch fluchen. Wenn dich jemand schlägt, so halte ihm auch die andere Wange hin."

Das ist es, was Mutter von ihr verlangt: sich zu demütigen, das Kreuz schweigend anzunehmen, die andere Wange hinzuhalten, sich darum zu bemühen, daß die Atmosphäre des Unverständnisses und der Konfrontationen sich auflöst, damit Vater besänftigt wird und wieder Harmonie im Hause herrscht.

Sie weiß, daß Mutter in ihrer Unterwürfigkeit am meisten leiden wird, wenn sie sich nicht sofort dem Vater erklärt. Denn Vater wird Mutter mit tausend Nadelstichen zu verstehen geben, daß es ihr Fehler ist, wenn der schlechte Same in der guten Ernte mitgedeiht, wenn die Raubvögel sich über die Ernte hermachen, wenn die Turteltauben ihre Nester nicht wiederfinden und wenn alle Tauben des Viertels durch den stämmigen Nachbarn gestohlen werden, der jeden Tag seinen Spott treibt, indem er, auf dem Dach seines Hauses sitzend, die Tauben herbeiruft und mit seiner Fahne, die er in alle Windrichtungen dreht, heranlockt.

Und sie kann es nicht ertragen, daß Mutter es sein wird, die am meisten darunter leidet. Sie nähert sich Vaters Zimmer und klopft an die Tür.

„Herein!" ruft eine Stimme im Befehlston. Ein Tonfall zwischen Herr und Knecht, ein Tonfall, der die Mauern des Hauses erzittern läßt, dem man nicht widersprechen darf und dem man sich beugen muß, wenn man nicht will, daß das Haus zusammenfällt, die Fensterscheiben zersplittern, ein Tonfall, der zur Verzweiflung bringt, weil

Vater glaubt zu beschützen, dem Guten zu dienen und fruchtbar zu machen.

Sie faßt sich ein Herz und betritt das Zimmer. Vater liegt mit einer Zeitung auf dem Bett ausgestreckt, eine waagerechte Stärke, jederzeit bereit aufzuspringen. Dahinter verbirgt sich der Holocaust, die Vorbereitung des Opfers, die unvermeidliche Konfrontation. Er blickt nicht einmal auf. Nur eisiges Schweigen. Jetzt gilt es, Vaters Erwartung zu zerstören, die Niederlage Palästinas nicht mehr hinzunehmen. Es hat schon zu viele gebeugte Rücken und zu viele von Angstschweiß feuchte Stirnen gegeben. Zu viele Auswanderungen aus Angst und Opferbereitschaft. Und zu viel Blut ist aus Scham und Verzicht vergossen worden.

„Mutter sagt mir, du seiest verärgert, du denkst, ich habe im Zelt gelacht."

„Wagst du es, mir zu sagen, daß dies nicht stimmt und daß Samuel, der junge gottesfürchtige Mann mit der größten Opferbereitschaft im Gottesdienst, mich angelogen hat? Und warum sollte er? Schämst du dich nicht, einen Diener Gottes so zu verleumden? Und außerdem, was hast du um diese Zeit draußen gemacht? Bist du nicht mitten in der Versammlung hinausgegangen? Antworte, wo warst du die ganze Zeit?"

„Ich habe meine Freunde, die den Gottesdienst im Zelt gestört haben, nach Hause begleitet. Aber ich versichere dir, daß ich selbst den Gottesdienst nicht gestört habe."

„Erzähl mir nicht, daß dies zwei Stunden gedauert hat. Du lügst nicht nur, sondern dir fehlt auch jeglicher Respekt! Das kann ich bei meiner eigenen Tochter nicht durchgehen lassen, zumal wir uns in einer Phase befinden, in der wir alle an der evangelischen Erweckung mitarbeiten müssen. Ich bin empört über deine Haltung. Du machst mir wirklich Schande. Und wer sind diese Freunde? Wie heißen sie?"

Sie schrickt zusammen. Nur schnell einen Namen erfinden, schnell etwas sagen, von Palästina reden, von der Schande, dem Kreuz, von der Vergebung, von irgendetwas...

„P..."

„Ah, Moslem! Auch das noch! Du suchst dir deine Freunde wirklich gut aus!"

Seine Wut wächst. Das Maß ist voll. Und jetzt, ach soll doch der Blitz einschlagen, soll doch alles vernichtet werden, verschwinden; soll doch das Feuer alles wegfegen, die Vögel für immer fliehen, sollen die Kinder ins Jenseits fliegen; daß die Fliegen plattgedrückt werden, der Fliegentöter zerspringe, ja auf der Stelle zerbrochen werde! Dann wird es keinen Kampf mehr geben, keinen Schrecken. Nichts als das Krähen des Hahnes bei Tagesanbruch. Es wird nichts mehr geben als den Schrei des Bettlers auf der menschenleeren Straße. Es wird nichts mehr geben als ihre Angst. Vater ist rot wie eine Mohnblume. Sie weiß, daß er sie schlagen wird. Es wäre besser zu fliehen. Packen wird er sie, zu Fall bringen, unter das Schwert der Vergebung führen, sie an die Klagemauer nageln... Doch was passiert? Er sagt nichts. Er tut nichts. Er scheint sich zu beruhigen. Es herrscht Schweigen, ein demütigendes und zugleich erlösendes Schweigen.

„Geh in dein Zimmer zurück! Ich will dich nicht mehr sehen, bis du dich vor Gott gedemütigt hast, bis du Ihn in Reue und Tränen auf Knien um Verzeihung gebeten hast. Und dann mußt du darauf verzichten, mit diesem Moslem zu sprechen. Wir haben schon genug Sorgen, unsere Aufgabe ist zu bedeutend, als daß wir uns auch noch um das Elend von P. kümmern könnten. Eines Tages wirst du einsehen: Vater hatte recht."

Nur nichts mehr wahrnehmen von dieser Szene, die sie durchbohrt wie der Tod. Sich nur nicht der Ungerechtigkeit beugen, sondern die Schläge des Verzeihens und der Heilung ertragen! Sie läuft fort, um sich auf ihr Bett zu werfen und vor Wut zu weinen. Mit den Fäusten boxt sie in ihr Kopfkissen, möchte alles zerschlagen. Das soll er bezahlen! Irgendeiner soll dafür bezahlen! Irgendeiner soll dafür bezahlen, nur nicht sie und nicht P.! Daß es endlich hell werde! Daß die Wolken davonziehen, daß das Leben neu beginne! Sie fühlt eine Hand auf ihrem Kopf. Mutter sucht sie zu beruhigen. Mutter und die Hand des Kompromisses, der Versöhnung, die Hand, die es gewohnt ist, sich für die andern aufzuopfern, die Hand, die es akzeptiert, angenagelt zu werden, damit die andern leben und die Wahrheit erkennen.

„Du mußt nicht so weinen. Sieh doch, bitte Gott, dir zu helfen! Siehst du nicht, daß du dich auf das Spiel Satans, des Feindes Gottes, des Feindes der Seelen, einläßt, der versucht, uns als Familie zu entzweien, weil die Familie eine Kraft darstellt, einen Damm gegen das Schlechte, das auf der Erde herrscht."

Aber nichts wird ihre Revolte verstummen lassen, nichts wird sie zur Versöhnung mit ihren Ideen bewegen. Sie will nicht mehr das Kind sein, das sich versteckt, um den Schlägen zu entgehen, die Blume, die im Schatten wächst, um die Biene zu meiden, der Wurm, der in seinem Bau bleibt, weil er Angst hat, ein Schmetterling zu werden. Wenn man ihr den nötigen Raum zum Atmen nicht zugestehen will, wird sie ihn sich eben selbst nehmen. Mutter ist gegangen, gebeugt, klein, opferbereit. Sie ist es, die die weiteren Schläge abbekommen wird, sie ist es, die den Preis bezahlen wird.

Sie hört Vaters Stimme, herrisch, hart: „Und dann gehst du auch noch zu ihr, tröstest sie. Du bist zu weich mit ihnen, deshalb tun sie, was sie wollen."

Sie stützt die Ellenbogen auf das Fenster, den Kopf in die Hände und saugt die Luft ein, die von der Straße hereindringt. Welche Chance doch diese Straße birgt, dieses Fenster mit dem Blick auf die Straße! Es ist fast so beruhigend wie das Meer, wie das Geräusch der Wellen, die gegen die Klippen schlagen, wie seine Hand, wenn sie die ihre streichelt. Sie fühlt sich hinausgezogen auf ihre Straße. Die beiden Laternen der Bar an der Ecke beleuchten die Silhouetten wartender Männer.

Sie sieht einen Schatten, der sich auf dem Gebäude gegenüber ausbreitet: leicht eckige Schultern, nachlässige Haltung; dieser Schatten gleicht dem seinen. Ein Schatten, der sie mitten ins Herz trifft und einen Appell an sie richtet. Der Schatten der Hoffnung. Dorthin will sie fliehen. Es ist das Palästina der Hoffnung. Dies alles läßt ihr Herz schlagen und das Leben neu in sie einströmen. Plötzlich fühlt sie sich stärker, geschützt von den Flügeln des Schattens, getröstet durch seine Gegenwart, seinen Rückhalt, seine Erscheinung.

Mutter ist hereingekommen. Sie hat den kleinen Bruder, der schon halb eingeschlafen ist, am Daumen lutscht und den Engeln zulächelt, zum Beten angehalten. Und sie beugt sich Mutters Zärtlichkeit, ihrer Güte und Sanftheit.

„Ich danke Dir, Gott, daß du unsere Tochter in unseren Schoß zurückgeführt hast. Man will sie aus unserer Hand rauben. Man will sie aus Deiner Hand rauben. Strecke Deinen rettenden Arm aus und beschütze alle Deine Kinder!"

Aus weitem Herzen, Großzügigkeit und Mitleiden fügt Mutter hinzu: „Und nun mögest Du ihr die Reue schenken. Führe uns zu Dir um der Liebe Deines Namens willen! Amen."

Mutter hat eine sanfte und singende Stimme. Das Gebet hat sich im ganzen Zimmer ausgebreitet und erfüllt den leeren Raum. Es läßt die Wände erzittern. Mutter betet mit Überzeugung. Die Melodie ihrer Kindheit strahlt auf. Der Friede des ewigen Heils wird heraufbeschworen.

Und das Wunder vollzieht sich. Mutter zieht sie mit sich zu Vaters Zimmer, wo sie sich „Verzeihung" murmeln hört. Man ringt ihr das Versprechen ab, ihn nicht mehr zu sehen. Sie kann nicht mehr zurück. Ein Versprechen ist heilig. Wie konnte sie sich dazu bringen lassen, es zu geben? Man hat es ihr abgerungen mit Mutters Leiden, mit Mutters Sanftheit, mit ihrem Kummer darüber, daß sie nicht ihren Erwartungen entspricht. Mit der Wut des Sommers, mit dem Blut des Meeres, mit den Körpern verbrannter Kinder, mit dem Schreien des verstümmelten Bettlers und mit dem Krieg der Schwerter und Kanonen und des Hasses hat man es ihr entrissen. Man hat es ihr entreißen können, weil sie schwach ist, lebensschwach, kampfunfähig, weil sie ihr Gefühl sprechen läßt. Man hat es ihr entrissen, weil man nichts mehr von Palästina wissen will, weil man die vergifteten Wesen vernichten muß, weil man sie auf den Grund des Vergessens, in den Abgrund, dorthin, von wo sie nie mehr wiederkehren werden, verbannen muß.

Sie wirft sich auf ihr Bett und schläft weinend ein. Im Traum schwimmt sie auf einem Meer von Öl. Je näher sie den Felsen kommt, desto öliger wird das Meer. Sie schreit, daß sie zerschellen wird, daß sie zurück will, daß sie zu Öl und Schatten zurück will, aber niemand hört sie, und die Wellen ziehen sie immer schneller mit sich fort. Sie fühlt sich hineingerissen in einen Strudel, der sie verschlingt.

Sie hat sich geweigert, ihn wiederzusehen. Sie hat nein gesagt zu Palästina und zu der Hoffnung, von der sie durch ihn einen Blick hatte erhaschen können. Sie hat nein gesagt zu ihrem gemeinsamen, am Strand verborgenen Geheimnis. Jesus zum zweitenmal ans Kreuz geschlagen. Ganz Palästina zum zweitenmal vergewaltigt. Ihr Horizont, ganz ohne ihr Mitwirken, verschlossen und verschleiert. Alle Frauen vergewaltigt und eingesperrt und geschlagen. Verstümmelt, ohne Widerstand zu leisten, ohne eine Geste der Aggression oder der Selbstverteidigung.

Die Tage vergehen. Jeder neue Morgen ist grau und regnerisch. In ihrem Mund der bittere Geschmack von Alptraum, Angst und Niederlage. Große violette Flecken untermalen ihre Augen, und in ihrem Nacken spürt sie etwas wie einen Balken, der jede Bewegung erschwert. Die Straße vor dem Haus ist matschig und ihre Löcher sind voll von schmutzigem Wasser. Sie überspringt sie, während sie an den Sommer denkt: Der war erfüllt von Schrecken und unnötig vergossenem Blut. Alles kann zu jeder Zeit neu begonnen werden. Doch alles beginnt immer wieder blutig. Der gewitterschwere, bedrohlich finstere Himmel spiegelt sich in einer riesigen Blutlache. Es wird keine Hoffnung mehr geben. Zu viel Blut ist geflossen. Zu viel Haß ist geschürt worden. Zu viele gekreuzigte Kinder. Zu viele Greise mit vor Angst aufgerissenem Mund. Die Autos hupen ungeduldig, die Taxifahrer fluchen und spucken mehr als gewöhnlich aus. Warum beginnt das Leben immer wieder mit derselben Gewalt? Wenn doch nur ein einziger Schrei die Bewegung in dieser Straße erstarren ließe!

Es ist niemand auf dem Schulhof. Die Schüler eilen ins Innere des Gebäudes, um Regen und Kälte zu entgehen. Die Klassenräume sind kalt und düster, die Mauern grau, der Unterricht monoton und inhaltslos. Alles geht seinen Lauf, als ob in diesem Sommer, als ob gestern nichts geschehen wäre, als ob das Kind nicht geschrieen hätte, bevor es starb, als ob der Kleinhändler an der Ecke nicht durch die Bombe in Brei verwandelt worden wäre. Die Geographie der Vereinigten Staaten breitet sich auf der Tafel aus: ein zerstückeltes, zerteiltes und zu Profitzwecken wieder vereinigtes Land. Ihr eigenes Land würde nicht einmal einen Punkt in dieser Weite ausmachen. Der beste Beweis dafür: Die Soldaten, die man am Hafen trifft. Und die Lieder Elvis Presleys, zu der die jungen Leute des Viertels, die gestern noch in einer Hand die Kalaschnikow und in der anderen das Kruzifix hielten, tanzen. Oh, auf einem großen Schiff weit weg von hier, allein. Palästina mit ihm wiederfinden, sich mit Palästina in ihm vereinigen und Palästina seinetwegen annehmen. Der Heuchelei und den Vorurteilen, dem zweideutigen Lächeln und der väterlichen Tyrannei entfliehen. Was hat sie davon, daß die Vereinigten Staaten eine bedeutende Zahl von Staaten vereinigen? Sind nicht in Wahrheit sie es, die Palästina zerteilen, entzweien, massakrieren? Sind sie es nicht, die Palästinas Vitalität zerfressen, diese Substanz, die seine Vergangenheit fruchtbar machte und ihm die Zukunft erschloß? Chicago streckt seine Tentakeln aus und New York seine Zangen. Jeder eignet sich an, was ihm beliebt, ohne an den anderen zu denken und die Konsequenzen seiner Taten erkennen zu wollen. Sie sind schuldig und machen Palästina mitschuldig. Wann zerschellen sie endlich, die Wogen des Hasses und der Abscheulichkeiten? Wann endlich hören die Skelette auf, an uns vorüberzuziehen?

Eines Tages schlägt Rima einen Ausflug zu der palästinensischen Schule vor, an der P. unterrichtet. E. hat eine Geige bei sich, aber das Konservatorium kann heute warten. Sie drängt sich in den hinteren Teil des Autos.

Sie ist im Begriff, Vaters Vertrauen zu mißbrauchen, tritt etwas ihm Wichtiges mit Füßen, tut ihm weh. Aber wird nicht jeder immer wieder betrogen und mit Füßen getreten? Sogar ihr Atem tötet irgendwo jemanden. Aufhören zu leben. Aber auch das ist Verrat. Sie weigert sich, den Gedanken weiterzudenken. Sie ist erstaunt über die Stadtteile, die sie durchqueren: Viertel drusischer Flüchtlinge, Viertel, von deren Existenz sie nichts wußte. Viertel, die von Armut und Hunger zeugen. In den engen Gassen staut sich ein penetranter Geruch. Eine Schar in Lumpen gekleideter, schmutziger und mit Fliegen bedeckter Kinder läuft barfuß herum und spielt nackt im Lehm. Mit großen runden Augen schauen sie dem vorbeifahrenden Auto nach.

Schließlich verengen sich die Gassen zu erdigen Pfaden, und anstelle der winzigen Hütten mit ihren Dächern aus Tanak werden überall verstreut aufgebaute Zelte sichtbar. Es ist eines der palästinensischen Flüchtlingslager. Die Armut hier ist erschreckend. Die Wasserrinnen sind gefüllt mit schmutzigem Wasser, das sich mit Exkrementen vermischt hat: Abflußwasser vom Waschen, Regenwasser und Wasser, das aus den Zelten dringt, in denen ganze Familien zusammengepfercht leben. Ein junges Mädchen in Guerilla-Uniform hält mit einem Gewehr über der Schulter Wache. P.s Name wird genannt. Er verschafft überall Eintritt. Das junge Mädchen lächelt ihnen zu und läßt sie durchfahren. Es ist P., die Hoffnung, der ihnen die Tür öffnet, P., die Versöhnung. Eine Menge von vor Schmutz schwarzen Kindern gafft auf das Auto, das sie mit Staub bedeckt und gleichzeitig die Mücken verjagt, die auf ihren runden Augen sitzen. Augen, die Fragen stellen, ohne daß sie je eine Antwort erhielten. Das Auto bricht das Schweigen des Exils. Staubgemisch aus Fliegen und Gewissensbissen. Kaum geborene und schon zerstörte Unschuld. Wie sie P. bewundert, der für das Aufleben der Hoffnung arbeitet! Irgendwo in ihr erzittert eine Faser. Hier geschieht das Heil auf Erden, und es ist P., der für dieses Heil arbeitet. Neben dieser konkreten und lebenswichtigen Arbeit erscheint die Botschaft aus dem Evangelisationszelt abgeschmackt. Dort entflieht man Ärger und Gewissensbissen, hier arbeitet man für das Leben.

Das einzige Gebäude des Lagers aus weißem Beton, mit flachem Dach und großen Fenstern, erhebt sich am Ende des Pfades. In den Fensterecken erscheinen Köpfe. Die Augen fragend aufgerissen. Beim Anblick des Autos, Inbegriff des Luxus und der Errungenschaften, das in einer Ecke abgestellt ist, öffnen sich die Münder der Kinder, steigert sich ihre Erwartung. Sie drängen sich in Gruppen zusammen, begierig zu verstehen. Braune palästinensische Augen, forschende und verstörte, wissende und problembewußte Blicke. Auch in P.s Augen zeigt sich ein von ihr noch nie bemerktes Flackern. Sie spürt einen Appell in seinem Blick, einen Aufruf, den sie im glühenden Zusammentreffen ihrer Blicke erwidert.

Er hat seine Arbeit noch nicht beendet und bedeutet den Kindern, sich hinzusetzen und das Ende der Geschichte abzuwarten: „... Es war vor vielen Jahren in einem Land namens Palästina. Samir, ein kleiner Junge, lebte in Jericho, in den vegetationsreichen und von säuerlichen Pflanzen bedeckten Bergen voller gurrender und selbstbewußt fliegender Vögel. Seine Familie war nicht reich, aber sie besaß einen Brunnen, dessen Wasser immer frisch und rein war, eine Kuh, die sahnige und nahrhafte Milch gab, und einige Hühner, die große und schmackhafte Eier legten.

Eines Tages, es war im Juni, überflogen drei schwarze Flugzeuge ihr Haus: düstere Vögel, die Unglück brachten und die anderen Vögel verjagten. Am nächsten Morgen wurden sie von denselben Flugzeugen bombardiert. Eilig verließ Samir mit seiner Familie das Haus, um sich in den Bergen zu verstecken. Sie ließen ihr Heim, das Vieh und den Brunnen hinter sich in dem Glauben, alles nach dem Abzug der Flugzeuge wiederzufinden.

Unterwegs kamen sie am Haus eines Greises vorbei, dessen Frau sie einlud, sich dort zu verstecken. Doch die Flugzeuge waren ihnen gefolgt: Die Frau des Greises mußte ihren Mann verlassen, um mit ihnen zu fliehen, weil er zu alt war und sich obendrein weigerte fortzugehen. Samir sah eine herumirrende Kuh. Diese hatte ein Kind verletzt, aus dessen Kopf er Blut rinnen sah. In der Nacht machten sie unter einem großen Baum halt. In seinen Zweigen saßen schlafende Vögel. So schliefen auch sie ein.

Doch am Morgen waren die Vögel geflohen. Der Himmel war von schwarzen Flugzeugen und von Rauch bedeckt. Dem Beispiel der geflohenen Vögel folgend, entschloß sich die Familie, auf den von der

Sonne und den Bomben verbrannten Straßen fortzulaufen. Aber Samir wollte zum Haus seiner Kindheit zurück. Er wollte den Brunnen wiedersehen und seinen Durst mit dem Wasser seiner Kindheit stillen. Und er hatte eine Kiste in seinem Zimmer zurückgelassen, eine Kiste, die alle seine Schätze und Geheimnisse in sich barg. In einem Moment, als seine Familie unachtsam war, lief er über die Berge davon. Als er zuhause ankam, rannte er sofort zum Brunnen. Aber ein unbekannter Soldat in Uniform versperrte ihm den Weg und hielt ihn vom Haus fern. Samir stürzte auf das Haus zu und wollte hinein, aber es wurde besetzt gehalten. Man verwehrte ihm den Eintritt. Er schrie, daß sich eine Kiste in seinem Zimmer befände, eine Kiste, die ihm gehöre, ihm, Samir, allein; eine Kiste, die das ihm Wichtigste enthielte. Aber man schlug ihn und es blieb ihm nichts anderes übrig, als erneut in Richtung der Berge zu fliehen. Er weinte bitterlich. Ihm war, als habe er dort im Haus einen Teil seines Lebens und seiner Hoffnungen gelassen, die er nie mehr wiederfinden würde. Er sah eine herumirrende Kuh, die ein Kind verletzt hatte. Er schlief unter einem Baum ein. Am Morgen floh er in Richtung des Windes. Er erreichte die libanesische Grenze, die seine Zuflucht sein sollte. Er hatte seit mehreren Tagen weder gegessen noch getrunken. Er brach vor Erschöpfung zusammen.

Nach und nach richtete er sich mit einer Familie, die ihn aus Mitleid aufgenommen hatte, in den Zelten in einem der Flüchtlingslager ein. Als Samir erkannte, daß Palästina für ihn und die Seinen verloren war, sagte er sich, daß das Volk dies nicht hinnehmen dürfe, sondern sich zum Kampf rüsten müsse. Samir hörte vom ersten Kontingent ‚Lionceaux‘ von Fath. Er schloß sich diesem Lager an. Dort trainierte er mit allen Arten von Waffen und Ausrüstungen und übte die Planung und Ausführung von militärischen Operationen ein. Sie unternahmen Volksmärsche im Lager und in den Dörfern. Er besuchte den Unterricht über den Widerstand Palästinas, über den Volksbefreiungskrieg, über die chinesische und die kubanische Revolution und über Che Guevara. Im Alter von fünfzehn Jahren würde er an den militärischen Operationen teilnehmen. Samir hatte seine Familie und sein Vaterland verloren, aber er hatte seine Würde, seinen Mut und den Sinn für Solidarität wiedergefunden. Er war nicht mehr allein, denn seine Kameraden reichten ihm die Hand. Gemeinsam bilden sie einen unbesiegbaren Kreis."

P.s Stimme ist bedeutungsvoll geworden. Er streckt seine Hände zu den Kindern aus, die ihn intensiv ansehen und sich der Bedeutung dieses Augenblicks und des in der Geschichte versteckten Aufrufs bewußt sind. Auch sie hat den Aufruf verstanden. Es kann kein Zögern geben. Sie will auf den riesigen Durst nach Gerechtigkeit, der sie verzehrt, reagieren. Sie müssen zusammen die Wunderkiste, die Samir zurückgelassen hat, wiederfinden.

Und wieder sind sie am Strand, liegen im Sand, eingebettet in ihre Vision. Sie haben das Lager und seine Probleme und die Kinder mit den fragenden Blicken hinter sich gelassen. Sie haben die Stadt hinter sich gelassen, mit ihrer Hitze, ihrem Staub, ihren Leichen und ihren Straßen, wo einem Blut und Haß die Luft abschnüren.

Er macht sie zu einem Teil seiner Pläne: Er will sie fortführen in ein Wüstenland, wo er nächstes Jahr unterrichten will.

„Ich bringe dich von deiner Familie, von deiner Vergangenheit fort. Zusammen werden wir das Meer und die Strände überqueren, zusammen werden wir zu dem Land meiner Träume ziehen, wo wir, du und ich, eine neue Welt erbauen werden. Zusammen werden wir das Wasser aus dem Brunnen meiner Kindheit trinken und die Wunderkiste meiner Kindheit wiederfinden. Sie wird uns helfen, diesen Traum zu verwirklichen, der uns zeigen wird, wie wir eine neue Nation organisieren können, die fähig ist, sich zu verteidigen, zu siegen, ja sogar zu erobern."

„Aber ich habe Angst vor Eroberungen, und ich habe Angst vor Blut. Ich habe Angst vor meiner Familie und vor dem Schmerz, den ich ihr zufügen werde. Ich habe Angst vor der Stadt und vor den Leuten, vor all denen, die uns ansehen, um uns zu verschlingen: einen Moslem und eine Christin, umschlungen im Sand. Schon für weniger wird man in diesem Land getötet. Ich habe Angst vor den großen nackten Wüsten, die vielleicht diese Wunder des Wassers deiner Kindheit nicht kennen. Ich habe Angst vor all diesen Dingen, aber ich will dir helfen, deinen Traum zu verwirklichen, weil du der Inhalt meines Lebens geworden bist. Ich werde das Meer und die Wüsten mit dir durchqueren und dir helfen, die Kiste deiner Kindheit wiederzufinden."

Ihre Finger und ihre Münder berühren sich im Sand. Die Wellen gleiten über sie und der Wind streichelt sie. Die Seemöwen fliegen sehr niedrig, beobachten diese Vereinigung, die sich trotz des Hasses dieses Sommers anbahnt. Trotz der verstümmelten Körper, in denen Kreuz und Halbmond verkrustet sind und die im Mondschein zerfetzt wurden, auf denselben Strand geworfen und von demselben Meer weggetragen. Vielleicht wird die Liebe trotzdem siegen. Vielleicht wird es der Liebe gelingen, den Haß, die Eifersucht und die Engstirnigkeit in Hoffnungen, in Glauben und in Frieden zu verwandeln. Vielleicht wird die Liebe diese Körper, dieses Blut, diese zerstörten Lager, diese Vögel und diese verbrannten Kinder nehmen, um daraus eine neue Erde, neue Bäume, neue Früchte, neue Lebewesen zu erschaffen. Sie fühlt sich durchdrungen von Zuversicht und Frieden.

Aber das Gewitter schwebt über ihnen. In der Stadt organisieren sich erneut bewaffnete Banden. Hin und wieder sind Schüsse zu hören. Werden sie über diesen neuen Ausbruch von Haß siegen können? Wird die Liebe Auswege aus diesem neuen Teufelskreis finden? Wird es ihnen gelingen, die Mauern zu zerstören, die sich um sie herum und sogar zwischen ihnen aufbauen?

Zuhause herrscht eine ungewöhnliche Stille. Vater ist nervös. Mutter ist schweigsam und völlig in sich zurückgezogen. Ihre Lippen zittern und bewegen sich. Gewiß betet sie. Vater bereitet eine neue Reise nach Arabien vor, um den Moslems das Heil zu verkünden, sie zu bekehren und ihnen zu ewigem Leben zu verhelfen. Er muß fühlen, daß etwas nicht stimmt. Er beobachtet und überwacht sie, ja verzögert sogar seine Abreise. Er spricht kaum mit ihr. Sein Schweigen kündigt Gewitter und Sturm an. Sie glaubt immer mehr, daß er etwas weiß. Sein Verhalten, seine Blicke, seine Gebete, diese langen und schwerfälligen Mahlzeiten, dieses Schweigen, sind ihr bekannt. Es bahnt sich etwas an. Etwas wird in diesem Haus ausbrechen. Etwas wird in der Stadt explodieren. Es ist ein beängstigendes Warten. Sie zieht sich mehr und mehr in die Winkel des Hauses zurück, um Vater zu meiden, um seinen Blick nicht aushalten, um Mutter nicht auf Knien sehen zu müssen, um nicht mehr die Bedrohung und die Vorwürfe, die sie überallhin verfolgen, fühlen zu müssen.

Dann, eines feuchten und regnerischen Abends, an dem sie zu spät vom Konservatorium zurückgekommen ist mit dem Vorwand, daß Regen und Verkehrsstaus sie aufgehalten haben, tritt Vater mit Hammer und Nägeln in ihr Zimmer. In seinen Bewegungen liegt die Entschlossenheit eines Henkers. Der Schweiß steht ihm auf der Stirn, genau wie wenn er predigt. Sein Blick ist hart, seine Stimme schroff, seine Entschiedenheit unbeugsam.

„Du hast uns nicht gehorcht. Du hast unser Vertrauen mißbraucht. Dein Verhalten ist unverzeihbar und nicht wieder gutzumachen. Du mußt die Konsequenzen deiner Handlungen tragen. Nun wirst du bis zur völligen und ehrlichen Umkehr deines Verhältnisses zu Gott und zu uns, bis zu deiner Gesundung und Neugeburt in diesem Zimmer eingeschlossen bleiben. Lies das Evangelium, die Geschichte von Nikodemus und die Geschichte von der sündigen Frau. Beide kommen zu Christus, um neu geboren zu werden."

Er hat begonnen, die Fensterläden ihres Zimmers nacheinander zuzunageln. Jeder Nagel wird in ihr Fleisch geschlagen, in ihre Freiheit, in ihre Hoffnung. Sie versucht, etwas zu sagen, sich zu verteidigen, aber ihre Laute sind kaum hörbar. Sie zittert am ganzen Leib.

„Du kommst, um mich zu kreuzigen, zu opfern, zu verdammen."

„Ich komme, damit du zum ewigen Leben wiedergeboren wirst. Dein Glaube und dein Heil sind wichtiger als alles Heil Arabiens. Niemand wird dich aus unseren Händen rauben. Niemand wird dich aus Seiner Hand rauben."

Und die Schläge dringen tief in das Holz und in ihr Herz. Vater hat den Stein auf sie geworfen. Er will ihren Tod in dem Glauben, es sei ihr Leben. Wie kann sie es ihm erklären? Wie es ihm verständlich machen? Wie kann sie Palästina beschreiben und erklären? Wie ihm ihre Vision des Lebens anschaulich machen? Wie kann sie mit Liebe siegen und verhindern, auch selbst den Stein zu werfen? Hat Christus nicht gesagt, daß wir auch die andere Wange hinhalten sollen?

Irgendwo draußen dröhnt das Hageln der Maschinengewehre. Die ganze Stadt scheint unter einer Decke zu stecken. Will man nicht den Tod Palästinas? Will man nicht auch ihren Tod und den Verzicht auf ihren Traum? Man verdammt ihre Beziehung zu P. und man verdammt ihre Vision. Ganz Palästina ist eingeschlossen, vernagelt und mit ihr begraben. Draußen und drinnen werden die Schläge seltener: die Arbeit ist vollbracht. Die Freiheit wird kontrolliert, eingemauert, erstickt. Der Vogel im Käfig ist zerdrückt. Vater sieht sie selbstgerecht an. In seiner Person bewegen sich Autorität, Wissen, System und Dogmen von einem Fensterladen zum anderen, von einem Nagel zum anderen, von einem Stein zum anderen. Vater ist zufrieden und stolz auf sich, er ist sich seines Wissens und seiner uneingeschränkten Macht sicher. Mutter bleibt nichts als die Unterwerfung, nichts, als zu akzeptieren, sich zu beugen. Und dem kleinen Vogel bleibt nichts, als zu sterben! Alle Frauen sind eingesperrt, eingeschlossen, verstümmelt, knien nieder in Scham und Hoffnungslosigkeit!

Man erntet, was man sät. Sie hat ein Versprechen gebrochen. Ein Versprechen ist heilig. Aber hat man es ihr nicht entrissen, dieses Versprechen? Wie auch immer: sie hat es gegeben. Vorher hätte sie sich weigern müssen, nein sagen, geradestehen müssen für das, was sie glaubte. Vorher schon hätte Palästina Widerstand leisten müssen, nein sagen müssen zu dem Eindringling, hätte es die Invasion nicht akzeptieren dürfen. Aber wäre dies möglich gewesen? Hätte die Kraft dazu ausgereicht? Unsinnig zu bedauern. Das Schlimme ist geschehen. Es gilt nun, nach vorne zu schauen. Zu versuchen, diesmal stärker zu sein. Es gilt, sich dem Licht zu nähern, aus der Vergangenheit zu lernen und, den Blick auf die Zukunft gerichtet, zu handeln. Aber was kann sie nun tun? Ist es nicht schon zu spät? Hat sie sich nicht selbst den Horizont verschlossen? Eingesperrt wie sie ist, in einem zugenagelten und mit einem Schloß versehenen Zimmer. Wie kann sie ihn wiedersehen? Wie mit ihm sprechen? Wie können sie ihrem Traum entgegenfliehen? Wie ist es möglich, zum Licht zu gelangen und zu dieser Welt von Hoffnung und Entdeckungen? Wie kann sie den Waisen den Glaube an eine Zukunft geben? Wie etwas aufbauen auf strangulierten Körpern, auf blutigen Lippen, auf herausgerissenen und verstümmelten Geschlechtsteilen, auf abgehackten Gliedmaßen und auf einer geteilten Stadt, die zerfressen und zerfurcht ist von Rache, von Haß und Ungerechtigkeiten?

Sie glaubt zu ersticken, langsam erdrückt zu werden. Wie lange wird sie es in dieser Gruft aushalten? Werden ihre Eltern es wagen, sie ohne eine glaubhafte Entschuldigung nicht mehr zur Schule zu schikken? Sie, die sich damit brüsten, niemals zu lügen? Die ganze Stadt steckt in jeder Hinsicht unter einer Decke. Man will die Vernichtung ihres Traumes, man will den Tod Palästinas. Man will die Lager dem Erdboden gleichmachen und die Kinder massakrieren. Alles, was noch an Hoffnung an der Grenze zu Israel keimt, will man verbrennen. Zerstören will man die Beziehung, die sich zwischen einer Christin und einem Moslem anbahnt, das Küken in seiner Schale ersticken. Alle kleinen Palästinenser, die sich vor Kälte, Hunger und Armut zusammenkauern, will man mit Kreuzen beladen. Man will zerstören, was die Hoffnung auf eine verwandelte, revolutionierte und gesundete arabische Welt nährte.

Draußen prasseln Schüsse nieder, Bomben explodieren, Flammen steigen auf. Irgendwo ein Schrei, der den Raum zerreißt, ihr Herz mit Schrecken erfüllt, ihr neues, beängstigendes Gefängnis durchlöchert. Sie ist nicht allein. Irgendwo schreit irgend jemand mit ihr. Irgend jemand schreit auch wegen ihrer Angst und ihres Leids. Irgendwo stirbt jemand. Irgend jemand verbrennt als Opfer, damit irgendwo die Flamme der Hoffnung sich neu entzündet und die Welt erhellt, damit die Herbstblumen wieder blühen und auf den kahlen Hügeln die Bäume wieder wachsen können.

Mutter kommt herein, um zu beten. Aber all ihrer Sanftheit, ihrer Zärtlichkeit und ihren Gebeten gelingt es nicht, den Tod zu verwandeln, der mit dem Schrei in das Zimmer eingedrungen ist und sich darin verkrustet hat. Mutter ist gebeugt und unter Vaters Wut zusammengeschrumpft. Alle Frauen, gekrümmt in der Stille der Zelte und der Wüste. Alle Frauen, auf Knien, eingewickelt in die Schleier der Gebete und der Selbstverleugnung. Das Leben auf ewig beschnitten. Die Augen erloschen unter den endlos strömenden Tränen. Mutter streicht ihr mit eisiger Hand über die Stirn. Ihre Stirn glüht. Sie zittert vor Fieber. Die am Fuße ihres Bettes kniende Gestalt nicht mehr wahrnehmend, schläft sie im Fieberwahn ein. Mutter schickt ein Gebet zum Himmel, damit irgendwo der Glaube wieder auflebe.

Sie träumt, daß sie auf einer Klippe steht. Unten schlägt das Meer mit riesigen weißen Gischtwellen gegen die schroffen Klippen. Ein zerbrechliches Segelboot zeichnet sich in der Ferne ab, ein Schatten darauf gleicht ihm. Sie ruft mit aller Kraft. Sie schreit, daß sie leben will, daß man sie leben lassen soll. Aber die Wellen erreichen sie immer schneller. Sie versucht zurückzuweichen, aber eine Menge ausgestreckter schwarzer und weißer Hände, Kinder- und Männerhände, stoßen sie nach vorn, stoßen sie hin zur Klippe und zu den Wellen. Das kleine Boot scheint näherzukommen. P. winkt ihr mit einem weißen Taschentuch energisch zu, in der anderen Hand hält er die palästinensische Flagge. Und alle Hände stoßen sie mit immer mehr Kraft nach vorn. Sie muß vom Felsen in die Flut springen. Aber sein Boot ist zu weit entfernt. Und die riesigen Wellen überspülen sie mehr und mehr. Schon kann sie nicht mehr atmen und fühlt, wie sie untergeht. In der Ferne geht auch das kleine Boot unter.

Sie wacht schreiend auf. Sie stürzt auf die Tür zu, aber die ist verschlossen. Die Szene vom Vorabend fällt ihr wieder ein: Vater, die Nägel, der Hammer, die Fensterläden, die Schüsse, der Schrei, der Tod und das schwarze Zimmer. Mutter holt ihr das Essen, aber sie verweigert es. Sie wird einen Hungerstreik beginnen. Das einzige Mittel, sich zu verteidigen. Das einzige Mittel, um ihre Existenz zu bezeugen. Sich bestätigen, verteidigen, kämpfen, die Stadt im Sturm nehmen, dem Tod trotzen, gegen die Ungerechtigkeiten schreien, trotz der Unmöglichkeit, gehört zu werden, trotz der vernagelten Fensterläden, trotz des für immer verlorenen Palästinas, trotz der verbrannten, vernichteten Lager und trotz all der unzählbaren Toten.

Das Zimmer scheint sich zusammenzuziehen, die Schränke sich ihr zu nähern. Die Vorhänge zittern. Ein Schrank schwankt gefährlich in ihre Richtung und wird auf sie fallen, dessen ist sie sicher. Das gesamte Zimmer hat sich gegen sie verschworen. Sie hat Angst vor dieser Umklammerung und vor diesem Druck, der sich gegen ihre Widerstandskraft richtet.

Und Seine Stimme wird die Wüsten zum Blühen bringen. Und den Bäumen werden neue Äste wachsen. Und das Wasser der Auferstehung wird die palästinensischen Schulen, die unter dem Sand verschüttet liegen, wiederbeleben und ihnen neuen Elan geben, der sie der Hoffnung entgegentreiben soll. Und die Kinder werden vor Freude schreien und um die Palmen mit ihren violetten Datteln herumtanzen, die geformt sind wie Eier und Vögel. Und die Wellen aus Sand werden sich in glasklare Flüsse mit erquickendem und reinem Wasser verwandeln. Und Samir wird das Wasser seiner Kindheit trinken. Mit ihm wird sie auf Wegen laufen, die mit Sonnenlicht und reinem Goldstaub bedeckt sind. Und alle Kinder werden ihnen im Rausch des Lebens und der wiedergefundenen Liebe folgen. Versprechen, die man gab, wird man halten. Und die Prophezeiungen werden sich erfüllen. Und sie wird schließlich den Sinn ihrer Angst begreifen.

Vater sieht sie ironisch an, betrachtet ihre blutigen, von den Nägeln der Fensterläden durchbohrten Hände. Jesus, zum drittenmal gekreuzigt. Jesus, den Kelch verweigernd und schreiend: „Abba, Vater." Vater und Mutter kniend auf dem Teppich, für sie und ihr Seelenheil betend, damit sie den schmalen und finsteren Weg des Glaubens gehe. Die Worte ihrer schweizerischen Großmutter, als sie noch Kind war: Denke dein ganzes Leben an das, was ich dir sagen werde: Wenn zwei Wege vor dir liegen, wähle den schwierigeren, es ist sicher der richtige. Jesus hat gesagt: Ich bin der Weg, die Wahrheit und das Leben. Keiner kommt zum Vater, außer durch Mich. Eine sich öffnende Blüte muß sich schnell wieder schließen, bevor sie gefährlichen Strahlen ausgesetzt wird. Es ist besser, auf dieser Erde zu sterben, um für das Ewige Leben wiedergeboren zu werden. Jeden Tag akzeptieren, das Kreuz zu tragen. Sein Kreuz nehmen und Christus folgen. Alle Tage auf dem schmalen und düsteren Weg des Glaubens.

Mutter, kniend am Fuß des Bettes: eine gebeugte, erniedrigte Frau, die es akzeptiert, täglich das Kreuz zu tragen. Maria, die alles in ihrem Herzen behält. Maria, kniend vor ihrem Sohn mit den Tieren des Stalles. Marias Sanftheit, ihre Bereitschaft, sich für Vater und Sohn zu opfern. Alle Frauen, eingeschlossen in dem Stall und verstümmelt, zugenäht, vergewaltigt. Alle Frauen, das Kruzifix annehmend, das Schwert, das sie verstümmelt, Gott dankend für sein Gnadengeschenk.

Und Vater, über sie gebeugt, in einer Hand die Fahne der Wahrheit, in der anderen Nägel und Hammer, ihr bedeutend, daß sie den anderen Vater anzubeten, Ihm ihr Leben auszuliefern habe, damit Er sie in den Hafen führe. Vater, erdrückt von seiner Weisheit und seiner Allmacht, erdrückt sie wie eine Fliege, die in einem Netz gefangen ist. Vater, der von Liebe und Selbsterniedrigung, von Gehorsam und Unterwerfung spricht. Vater, die Augen voller Tränen. Vater, um sie weinend. Tränen, deren Strom sie erreicht. Die Ernsthaftigkeit, mit der er sein Dogma und sein System vertritt. Vater, der sich vom höheren Vater geführt glaubt, erhoben zum Propheten, der sieht, was die anderen nicht sehen, aber nicht sieht, was die anderen sehen. Vater, unbeugsam in dem, was er zu sehen glaubt.

Aber sie schreit, sie schreit, daß sie von seinen Dogmen nichts wissen will. Daß sie leben will, daß sie sich selbst kennenlernen und verstehen und das Leben begreifen will, diesen riesigen Durst nach Gerechtigkeit, den sie in sich spürt. Daß sie keine Nägel und kein Blut mehr will, daß sie Jesus vom Kreuz befreien will, um ein einziges Mal sich selbst auf den Grund zu gehen, um zu verstehen, was in ihr Jesus gleicht und um einen Jesus jenseits der Dogmen und der von allen Vätern der Welt errichteten Systeme leben zu können. Sie weigert sich, jetzt zu sterben. Sie lehnt seine Weltsicht ab. Sie schreit. Sie schreit und schreit.

Und das Echo ihres Schreies hallt in der Stadt wider. Hunderte von Stimmen schreien dort mit ihr. Die in der Stadt gefangenen Frauen schreien mit ihr. Gemeinsam mit ihr lehnen sie sich auf und zerreißen ihre Ketten. Und die palästinensischen Kinder in den Lagern klatschen vor Freude und Übermut in die Hände. Und ihr Schrei hallt in den vielen Schreien der Stadt wider.

Langsam erwacht sie von einer langen Fieberreise, einem von Vaters und Mutters Gebeten am Fußende ihres Bettes begleiteten Delirium. Sie versucht aufzustehen, vermag sich aber kaum auf den Beinen zu halten. Im Spiegel erkennt sie ihr eigenes Bild nicht mehr: ein kleines, weißes, abgemagertes Gesicht, durchfurcht von zwei violetten und schwarzen Ringen unter den Augen. Sie blickt auf ihre mageren und farblosen, mit schwarzen Schatten bedeckten Hände. Die Nägel, das Blut. Vater, der Hammer, Vaters inständige Bitten, ihr Schrei: Abba, Vater, ich will diesen Kelch nicht trinken! Ich will leben. Der Hungerstreik und der Widerstand und schließlich der große Widerstand und der Kampf in den Lagern. Ihre Weigerung, den Untergang der Welt hinzunehmen. Die Weigerung, in einer Erde zu verenden, die bereits nach Verwesung riecht. Das übergroße Vertrauen auf das Blut des Lebens, das in ihr fließt. Dann die Krankheit. Ihr Widerstand hat nicht lange gedauert. Die Krankheit hat ihre Kräfte weggefegt, ihr den Mut entrissen und die rote, dickflüssige neue Kraft aus ihren Adern gesaugt. Wird sie es schaffen, mit ihm zu den Horizonten aufzubrechen, die er ihr beschrieben hat, zu jener Wüstenstadt, wo die Kinder sie erwarten, auf den Bäumen sitzend, begierig, ihnen zu folgen und mit ihnen wegzufliegen und die wunderbaren Datteln und Lebensfrüchte zu finden?

Vater und Mutter nähern sich ihrem Bett und betrachten sie voller Sorge. Vater bringt ein großes, mit Zeitungspapier umwickeltes Paket. Darin befindet sich ein großer Hering, der ihren Appetit wecken soll. Es ist die Nahrung der Vergebung und der Heilung. Das Manna der Versöhnung, von Vater für sie bereitet, damit sie zum Leben und zu ihrem Kindheitsglauben zurückfindet. Er beträufelt den Hering mit Olivenöl und Zitrone. Es ist die Salbung zum Abendmahl: Durch die Poren wird die milde, belebende Flüssigkeit eingesaugt. Vater schiebt ihr die fetten Happen in den Mund. Dabei herrscht magnetische Stille. Mutter bricht das Brot und betrachtet sie kummervoll. Das Brot, Ausdruck des Wunsches zu verstehen, zu teilen und die Familie wieder zu versöhnen, geht von Hand zu Hand. Vater entfernt die Nägel und öffnet die Fenster. Die Sonne flutet wie das Meer in das schattige Zimmer und durchdringt ihre leb- und kraftlosen Glieder. Geblendet fällt sie auf das Bett zurück und sieht die Eltern mit ihren besorgten und ängstlichen Blicken nur noch wie durch einen Nebelschleier hindurch. Wird sie sterben?

Mutter spricht von der Schweiz, wohin sie in einigen Tagen aufbrechen wollen. Mit ihrer Schwester wird sie in ein christliches Lager geschickt werden. Dort wird sie den Bergen und Gott nahe sein, gesunden und durch Seine Gnade und Vergebung ein friedvolles Leben in Jesus Christus wiederfinden. Sie wird die reine Luft der Berge mit ihren zeitlosen Gipfeln atmen und die Schönheit und Größe des Allmächtigen verstehen lernen, der sie gemäß Seinem großen Plan ruft. Sie wird die Schönheit des Ewigen sehen und in ihrem Herzen wird das wiedergeboren werden, was ihr in ihrer Kindheit eingepflanzt worden ist. Es wird wieder aufblühen und sie zum ersehnten Hafen führen, wo sie endlich erkennen wird, daß die Eltern Recht hatten: daß sie niemals hätte revoltieren dürfen. Daß sie sich wie ihre Brüder und Schwestern und alle intelligenten Wesen vor dem Vater hätte beugen und die Familie sowie die von Gott geschaffenen Institutionen hätte respektieren müssen, weil sie ein Damm gegen das Böse und die Sünde sind, die sich immer mehr über die Welt ausbreiten.

Vor ihrer Abreise in die Schweiz versucht sie, ihn zu sehen. Die Stadt wirkt bedrohlich. Panzerwagen, beladen mit Soldaten in ihr unbekannten Uniformen, defilieren ohne Unterlaß in den Straßen in Richtung Süden. Ein neuer Sommer, noch grausamer und erschreckender als alle vorangegangenen, kündigt sich an. Die Hitze hat sich bereits mit aller Kraft ausgebreitet. Die Flugzeuge aus dem Süden bombardieren Schulgebäude, werfen Bomben auf Kinder, säen Panik und erhitzen die Gemüter der Bewohner. Erneut hat sich die Bevölkerung in ihren Gegensätzen verfestigt. Man besteht auf den gegenseitigen Schuldzuweisungen, den etablierten Parteien und propagiert Haß und Rache.

Sie fühlt, daß etwas in ihr abgestorben ist und daß sie im Begriff ist, für etwas Neues heranzureifen. Doch es handelt sich nicht um das von Mutter Vorausgesagte. Noch ist sie nicht fähig, dieses Neue zu identifizieren. Wie Samir hat auch sie einen Teil von sich in der Höhle begraben, in der sie mehrere Tage gelebt hat. Wie Samir will auch sie den Zauberkasten ihrer Kindheit wiederfinden. Und sie spürt in ihrem Innern die Wellen immer schneller und immer höher steigen, wie eine Flut, die sie verschlingen wird, um sie zu verwandeln und die doch den Strand aus feinem glühendem Sand, aus geschliffenen zeitlosen Steinen, unberührt läßt. Die Wellen erneuern sich ständig und gehören doch immer zu demselben Meer. Liebe ist es, die sie in sich aufleben spürt: die Liebe, die immer wieder neu leben läßt und trotz aller Hindernisse Kraft zum Neubeginn verleiht.

Es gelingt ihr, ihn in einer kleinen Straße in der Nähe der Schule zu treffen. Nach allem, was vorgefallen ist, bedeutet ihre Begegnung eine Gefahr: Ein Moslem und eine Christin, die sich unter einem Himmel von Haß lieben, in einem Land, das von Dogmen und verschiedenen Glaubensrichtungen zerteilt ist. Sie riskieren Mord und Tod, dort unter der Sonne, die erdrückt und tötet.

In wenigen Worten erklärt sie ihm die Situation. Zum Zeitpunkt ihrer Rückkehr aus der Schweiz muß er alle Vorbereitungen für die Abreise getroffen haben. Gleich nach ihrer Rückkehr werden sie fliehen, zusammen diese Stadt hinter sich lassen, die sie auszulöschen trachtet, und diese Institutionen und Dogmen, die sie immer mehr einkreisen, um sie zu ersticken und zu vernichten. Sie hat Angst, das bereits Erlebte noch einmal durchleben zu müssen. Angst, ein zweites Mal und damit endgültig zu sterben. Die wahre Kreuzigung findet nur einmal statt. Alle anderen Kreuzigungen sind Einbildung. Und aus etwas Falschem, Unechtem, Trugbildhaftem, einer Anmaßung, aus Oberflächlichkeit und Fassade kann nichts Gutes erwachsen. Sie fürchtet, ihr schwarzes Zimmer, durch dessen vernagelte Fensterläden und Wände nachts die Schreie und Rufe der Frauen ihres Landes drangen, noch einmal erleben zu müssen. Und dann dieser Eindruck, erstickt zu werden, immer schneller in Fieber und Wahn zu versinken.

Er versichert ihr: Alles ist schon vorbereitet. Er wird warten. Am Ende des Sommers werden sie gemeinsam das Meer überqueren, auf dem sie sich in einigen Tagen befinden wird. Gemeinsam werden sie in dieses Land des Sandes und der Verheißungen ziehen, um für Gerechtigkeit für sein Volk zu arbeiten. Doch erst muß sie neue Kraft schöpfen für die Aufgabe, die sie erwartet, und gemeinsam werden sie schließlich durch Liebe die trennenden Unterschiede besiegen.

Er betrachtet sie zärtlich. Eine Sekunde lang drücken sie sich aneinander, begeistert von ihrem Versprechen. Eine gefährliche Sekunde in einer Umgebung, welche die Berührung zweier Körper verschiedenen Geschlechts, welcher politischen und religiösen Zugehörigkeit sie auch seien, verbietet. Trotz der Angst, der Verbote, des von Rauch und Asche geschwärzten Himmels und trotz des langen trennenden Sommers, der sich im Schrecken neuer Gemetzel und Greuel ankündigt, trennen sie sich belebt von ihrer vielversprechenden Umarmung.

Langsam entfernt sich das Schiff vom Hafen. Es weht eine feuchte Brise. Die Ellenbogen auf die Reling gestützt, betrachtet sie das in der Ferne aufleuchtende libanesische Gebirge. Welch ein schönes Land der Krieg verwüstet hat! Der hier herrschende Haß ist unaussprechlich. Unmöglich, in diesem Blutbad ein Gesicht zu entdecken, zwischen den Kadavern einen Körper zu erkennen. Wie haben Gastfreundschaft und natürliche Güte dieser Bewohner solche Ungeheuerlichkeiten hervorbringen können?

Die Nacht ist elektrisch geladen und auf den Wellen spiegelt sich goldfarbenes Öl. Der Lärm des Schiffes, das sich seinen Weg durch die Wellen bahnt, verleiht ihr ein Gefühl von Lebenskraft, die sie verloren zu haben glaubte. Vielleicht wird nach allem, was geschehen ist, der Frieden doch wiederkehren! Vielleicht verwandeln sich die Feuer im Gebirge in Fackeln und die Kanonen in Blumen und Vögel! Und die Reben und Olivenbäume werden ihren Wein und ihr Öl über die

Bewohner des Landes ergießen, bereit zu verzeihen, zu vergessen und zu versöhnen.

Sie denkt an das Ende des Sommers, wenn sie mit ihm dasselbe Meer, dasselbe Ufer und dieselben Berge betrachten und demselben Ziel entgegengehen wird. Mit ihm vereint und angezogen von der unendlichen Fülle dieses Meeres. Werden sie dort mehr Frieden und Hoffnung erwarten als hier in den Bergen, wo man sich bereits wieder bewaffnet? Wird es möglich sein, die Masken des Schreckens und der Rachsucht von den wahren Gesichtern der Menschen zu reißen? Erneut wird ihr bewußt, daß sie bei sich selbst beginnen, daß sie in ihr Inneres vordringen muß, um sich, und dadurch auch die anderen Menschen, verstehen zu können und zu einer Lösung zu gelangen. Es ist ebenso schmerzhaft wie notwendig, die eigene Vergangenheit im Bewußtsein zu bewahren und daraus zu lernen, um der Zukunft und dem Licht entgegengehen zu können.

Sie liebt Schiffsreisen. Das Schiff, das das Wasser spaltet, ihre Haare im Wind und all die Leute, mit denen sie sprechen und Unterhaltungen über deren so ganz anders verlaufende Leben beginnen kann, verleihen ihr ein Gefühl von Freiheit. Merkwürdig, daß alle von denselben Dingen sprechen: dem letzten Film, der letzten Mode, der letzten Schallplatte, dem neuesten Schlager... Wo ist der Krieg, der bis zum Besteigen dieses Schiffes in ihrem Leben gewütet hat? Sie scheinen ihn vergessen oder nie erlebt zu haben. Vielleicht haben sie das Gemetzel von ihren getarnten und festungsähnlichen Villen auf den von den Kämpfenden unerreichbaren Berghöhen aus mitangesehen und ihre Gewissensbisse in irgendeiner Diskothek oder einem Kino in der Umgebung erstickt.

In Alexandria steigen weitere Passagiere zu, unter denen ihr eine junge Ägypterin mit ausdrucksvollen traurigen Augen auffällt, die eine Zigarette nach der anderen raucht und nervös wirkt. Sofort fühlt sie sich von deren unabhängiger, ungezwungener Haltung, begleitet von dem ernsthaften, ruhigen und sanften Blick angezogen, diesen Merkmalen, die man nur selten bei einer arabischen Frau vereinigt findet.

Die junge Frau scheint Angst zu haben. Oft schaut sie flüchtig hinter sich, als fürchte sie, verfolgt zu werden. Sie gleicht dabei einem gehetzten Vogel, der zu fliegen versucht. Einmal läßt sie sich zwischen die Rettungsboote gleiten, ein anderes Mal sucht sie Versteck in den hinteren Ecken des Schiffes. Dann wieder verliert sich ihr Blick in einer scheinbar schmerzhaften Betrachtung des Meeres. Wie sie ansprechen? Wie eine Unterhaltung beginnen?

Eines Tages bietet ihr die Fremde, die sie inzwischen auch bemerkt hat, eine Zigarette an. Aber E. wagt nicht, sie zu rauchen. Wenn Vater und Mutter sie so sähen! Einen Moment lang hält sie die Zigarette unschlüssig zwischen den Fingern: Sie scheint ihr wie ein Schlüssel auf ihrem Weg zu sein. Für ihr Verständnis verkörpert diese Zigarette fast eine neue Welt. Der verbotene Garten der verlockenden, saftigen Früchte mit ihrem prallen, sauren Fruchtfleisch. Der Eingang zu einer Welt, die sie neu beleben und ihr den Zugang zu Bildung und Wissen eröffnen wird. Auf diesen Weg wird sie sich atemlos stürzen, um die verlorene Zeit aufzuholen und den Grund für ihre nicht zu unterdrückende Erregung zu finden.

Sie entscheidet sich dafür, die Zigarette anzuzünden. Ihre erste Zigarette. Beim Einsaugen des herben und salzigen Geschmackes überkommt sie eine Euphorie, die sie später oft wieder suchen wird. Das Schiff, das die Wellen zerteilt, ihre Haare im Meereswind, und die Zigarette: Dieses Gemisch aus Freiheit und Überschwang bringt sie der Fremden näher.

Die Ägypterin fragt, woher sie komme und wohin sie fahre, warum sie so nervös sei, wenn sie rauche und ob sie überwacht werde. Dabei schaut sie selbst hinter sich, als ob sie beobachtet würde und kneift wie unter dem Einfluß eines nervösen Ticks die Augen zusammen, so daß ihr Blick eine fieberhafte Intensität gewinnt, bis er sich schließlich erneut in der Weite des Meeres verliert und scheinbar im Unendlichen Ruhe findet.

E. weiß nicht, warum sie sich der Fremden anvertraut. Sie erzählt ihr von ihrem Leben und ihren Plänen, vom Krieg, von den Waffen, und von der Gegenwart des Todes in ihrem Land. Sie berichtet von den von Hunger und Armut heimgesuchten Flüchtlingslagern und beschreibt ihr die von Haß und Rache beherrschte Stadt. Sie spricht von ihrer Familie und deren Glauben, von ihrem persönlichen Glauben an ein transzendentes Heil, vom Evangelisationszelt, in dem sich allabendlich die Massen zusammendrängen, um zu vergessen, sie teilt ihr ihre Zweifel, ihre Sorgen und ihre Entdeckung der Liebe mit. Sie erwähnt P., die gemeinsamen Vorhaben, das Wüstenland, in das sie am Ende des Sommers ziehen werden, um ihren Traum von Liebe, Frieden und Hoffnung zu realisieren.

Aber die Fremde hat zu weinen begonnen. Zuerst leise, dann immer heftiger. Jetzt wird ihr Körper von Schauern geschüttelt und sie schluchzt laut. E. bemüht sich vergeblich, sie zu beruhigen. Sie glättet der Fremden zärtlich die Haare und fragt sie nach dem Erschreckenden in ihren Schilderungen. Ist es die Beschreibung des Krieges und der Lager, die sie so bestürzt hat?

Die Fremde wendet E. ihren gehetzten, tränenfeuchten Blick zu. Angesichts dieser Verzweiflung, dieser offenen Wunde, diesem Ausbruch von Bitterkeit und Unglück, wird E. von Angst und Hilflosigkeit ergriffen. Die Ägypterin trocknet ihre Tränen und faßt sich.

Ihren Blick intensiv auf E. gerichtet, bringt sie mit rauher, noch zitternder Stimme einen Schrei hervor: „Gehe nicht mit diesem Mann! Gehe niemals in dieses Land, wo du glaubst, bestimmte Träume verwirklichen zu können oder leben und frei sein zu können! Wo du meinst, daß die Frau respektiert wird und an der Seite eines Mannes in Gleichheit und gegenseitiger Achtung leben kann! Ich komme dorther und bin auf der Flucht davor. Ich verstecke mich aus Angst, verfolgt zu werden. Ja, ich fürchte, daß einer meiner Brüder auf diesem Schiff sein könnte, um mich mit Gewalt zurückzuholen oder gar zu töten und meinen Körper in dieses Meer zu werfen. Das wäre so einfach. Wer würde je davon erfahren? Und wer würde ihn in dieser Gesellschaft, die doch solche Verbrechen gutheißt, und sogar dazu anstachelt, dafür bestrafen?“

Sie wirft den Stummel ihrer Zigarette ins Meer und sieht ihn traurig unter den danach schnappenden Wellen verschwinden. Ist dies alles Vorzeichen oder Spiegelbild? Dieses Echo eines Menschen auf der Suche nach einem anderen Menschen, nach Verständigung und Verständnis, und dieser Wunsch, Mauern, Gefängnis und Schleier hinter sich zu lassen?

Wütend zündet sich die Fremde eine weitere Zigarette an. Ihr Blick verliert sich erneut am Horizont: Gerunzelte Stirn, gereckter Hals, bitter verzogener Mund und zitternde Hände.

Augenscheinlich zögernd, wendet sie sich wieder E. zu, um ihr etwas zu sagen. Sie sieht sie lange an. Schließlich sprudeln die Worte aus ihr heraus, so als stehe sie unter dem Druck, sich von einem Gewicht befreien zu müssen, das sie seit dem Betreten des Schiffes mit sich trägt.

„Weißt du, was man dort mit den Frauen in der Pubertät macht – oder schon vorher oder kurz vor der Hochzeit, sofern es einer Frau gelungen ist, der Überwachung durch die Alten zu entgehen? Kennst du die Beschneidung, diese körperliche Qual: das Verbrennen, Zerstören und Herausreißen des zarten und sensiblen Organs, das sich zwischen den Beinen befindet? Die Ablösung des Nervs, den man Klitoris nennt? Diese Knospe der Lust. Und das Wegschneiden, das Verstümmeln der Schamlippen. Die Wunde, die blutet und blutet ohne Ende und die Tage und Wochen, unbeweglich im Dunkeln, die Beine mit Stricken gefesselt, der Körper von Spasmen geschüttelt und dieses Gefühl von Scham, schrecklicher Scham? Und die Schreie der Frauen, den unaufhörlich stechenden Schmerz und das Wissen darum, daß dein Körper niemals mehr sein wird wie vorher? Wenn du fühlst, daß man dir etwas weggenommen hat, das dich zum Vibrieren, zum Erbeben bringen konnte? Wenn du Angst hast, am Verlust des Blutes, das aus deinem Körper fließt, zu sterben? Wenn du weißt, daß man in dich eingedrungen ist und dich bereits vergewaltigt hat, daß man dir einen Teil deines Lebens gestohlen und dich statt dessen zugenäht, gefesselt, verschlossen hat, damit du nie mehr atmen und dich nie mehr dem Leben, der Zärtlichkeit und dem Morgentau in der Wüste öffnen kannst? Und weißt du, daß die alten Frauen voller Freude, sich an den Kindern für das rächen zu können, was das Leben ihnen vorenthalten hat, schreien? Schreien, weil sie glücklich sind zu sehen, daß das Blut weiterfließt, daß das Leiden nicht an ihren eigenen Körpern haltgemacht hat und daß der Teufelskreis sich vergrößert und dreht, dreht und weiterdreht...? Und du, was machst du? Warum durchbrichst du nicht diesen Kreis so wie ich? Warum lehnst du dich nicht auf, bevor es zu spät ist, bevor du selbst zu einer Beschnittenen wirst? Du hast den Krieg, das schreckliche Blutvergießen in den Straßen, in deinem Land, außerhalb deiner Person gesehen. Aber wenn du dieses Blutvergießen, diese Schande und diese von dir beschriebenen Schrecken, die verstümmelten Körper, die abgetrennten Geschlechtsteile, die vergewaltigten Leichen, wenn du alles dies in deinem Inneren erleben müßtest, an deinem eigenen Körper? Was würdest du dann tun?"

E. glaubt, es mit einer Verrückten zu tun zu haben. Sie hat wenig von der Bedeutung der Schilderungen dieser Fremden verstanden. Zuhause war Sexualität tabu. Die Beschreibungen der jungen Frau rufen in ihr einen undefinierbaren Schmerz hervor. Eine Vorahnung von noch brutalerer Gewalt als der ihr bekannten steigt in ihr auf. Die Beschreibungen der Fremden haben in ihr die widersprüchlichsten Gefühle hervorgerufen. Sie ist verkrampft und schweigt ratlos. Der Blick der fremden Frau hat einen finsteren Ausdruck angenommen. Ihr Gesicht ist aschfahl geworden. Alle ihre Bewegungen scheinen sich auf die Zigarette zu konzentrieren, an deren glühendem Ende sich die Asche purpur- und lilafarben emporwölbt. Ihr Körper wird von nervösen, spastisch unkontrollierten Zuckungen durchfahren. Angstvoll blickt sie sich nach allen Seiten um, wie ein kleiner Vogel, der sich in einem großen Netz verfangen hat. Die großen schwarzen und traurigen Augen sehen E. erneut sehr lange mit einem abwesenden Ausdruck an und zeugen von ihrer inneren Verwüstung und Ratlosigkeit. Dann verschwindet sie hinter einem der Rettungsboote, wie ein Kind, das man wegen einer unrechten, ungeheuerlichen, verheerenden Tat geschlagen hat und das seine Tränen und seinen Kummer vor den andern und sogar vor dem eigenen Spiegelbild zu verbergen sucht.

In den darauffolgenden Tagen sucht E. vergeblich die Fremde, die verschwunden zu sein scheint. Sie durchstreift das Schiff, läuft über die Brücke und schaut hinter den Rettungsbooten nach, ohne eine Spur von der Ägypterin zu finden. Hat sie überhaupt existiert? Oder hat E. die Szene geträumt? Schließlich erinnert sie sich an einige Worte der Fremden: „Vielleicht ist mir einer meiner Brüder gefolgt…" Und wenn es wirklich so wäre? Findet diese Art von Verbrechen nicht jeden Tag in ihrem Land statt, wenn es darum geht, um jeden Preis die Ehre der Familie zu retten, ja, die Ehre im Blutbad oder im Meer reinzuwaschen? Als sie sich vorbeugt, um das Meer zu betrachten, erscheint es ihr plötzlich schwarz und bedrohlich. Ein furchtbares Angstgefühl schnürt ihr die Kehle zu. Wenn sie doch wüßte! Wenn sie die Fremde doch wiederfinden könnte! Sie schaut durch die Bullaugen hindurch in die Kajüten und hebt die Segeltücher hoch, die Autos und Kisten bedecken. Ihre Blicke folgen den gespannten Tauen und immer wieder trifft sie auf das gefühllos und grausam anmutende Meer. Wenn doch wenigstens einmal alle Geheimnisse aus ihm hervorbrächen! Woher diese Ruhe, wo es doch jeden Tag Körper und Skelette verschluckt und sich wie eine Sphinx alle jene einverleibt, die seine Rätsel nicht zu lösen vermögen. Plötzlich fürchtet sie sich davor, ihr Spiegelbild zu betrachten, das in den von der Kraft des Windes aufgewühlten Wellen zerfällt.

Denn siehe! Jener Tag wird kommen,
Glühend wie ein Schmelztiegel.
Alle Hochmütigen und Schlechten
Werden wie Heu sein.
Und der Tag wird sie entflammen.
So spricht der Ewige, der über die Heere gebietet.
Und er wird ihnen weder Wurzel noch Zweige lassen.
Aber für euch, die ihr meinen Namen fürchtet,
Wird die Sonne der Gerechtigkeit aufgehen
Und wird euch unter ihren Schwingen Heilung schenken.
Ihr werdet darunter hervorspringen wie die Kälber aus dem Stall.

Und sie wird den Kindern das Herz ihrer Väter
Und den Vätern das Herz ihrer Kinder zurückbringen,
Aus Angst vor meinem Strafgericht über dieses Land.

Inzwischen ist E. im Bibelzentrum eingetroffen, wo sie, Vaters und Mutters Wunsch gemäß, neue Kraft schöpfen und in das frische Quellwasser ihrer Kindheit eintauchen, neu getauft, gereinigt und für ein neues Leben umgestaltet werden soll, um angesichts der prächtigen, ewig schneeverhüllten Berge die Größe des Allmächtigen zu verstehen, vor Ihm niederzuknien und Ihm für die Überwindung des bewegten und gefährlichen Meeres sowie die Ankunft im ersehnten Hafen zu danken. Jeden Abend versammeln sie sich zum Bibelstudium um den Leiter des Lagers, und das gemeinsame, sehr einfache Gebet erhebt sich in die ruhigen und frischen, durch die mächtigen Alpen erdrückten Nächte.

Wie weit ist doch das von Todesmaschinen verbarrikadierte Beirut entfernt und wie weit die Oliven- und Orangenbäume, die vor Angst gekrümmten Apfelbäume, die sich verzweifelt an zerrissene Mauern klammernden Weinreben und die vom Blut der Nächte getöteten Morgen!

Einmal spaziert sie einen abgelegenen Weg entlang, um allein zu sein und über ihre gewittrige Vergangenheit voller Krieg und Gewalt nachzudenken, die sie jenseits des Meeres zurückgelassen hat, und sich die Zukunft in jener unter einer Sonne von Gold und Leben vibrierenden Wüste auszumalen. Als sie bereits tief in den Wald vorgedrungen ist, hört sie plötzlich deutlich, zwei Schritte von sich entfernt, wie Vaters Name ausgesprochen wird. Sie bleibt zitternd stehen. Auf einer von einem Baum verdeckten Bank sitzen Herr A. und Frau M. aus der Bibelgruppe. E. hält den Atem an und beginnt, einige Wortfetzen auffangend, zu verstehen. Was sie hört trifft sie mitten ins Herz und ruft in ihr lähmende Angst und Schrecken hervor.

„Diese Araber. Es ist nichts zu machen … das sind die schlimmsten Lügner … unmöglich, ihnen zu vertrauen oder zu glauben, was sie sagen … was sie sagen ist immer widersprüchlich und falsch …

ihre Worte spiegeln ihre Schlechtigkeit wider. Du warst ja schon dort ... um alles muß man handeln. Sie haben eine gespaltene Zunge ... sie lieben es zu übertreiben und zu schmeicheln ... sagen nie, was sie wirklich denken."

„Ja, und es heißt, daß sie in ihrer Sprache eine ganze Reihe von Höflichkeitsformeln und Floskeln haben, die sie zu den verschiedensten Gelegenheiten anwenden, ohne ihnen eine tiefere Bedeutung beizumessen. Wirklich, eine abartige Mentalität! Kein Wunder, daß Gott ein Volk erwählt hat, das solchen Einflüssen ausgesetzt war, das umgeben war von solcher Falschheit und Scheinheiligkeit!"

„Ja, Gott ist gerecht und Israel wird trotz und wegen seiner Schwäche siegen! Genauso wie David Goliath bezwungen hat, wird Israel über das Böse triumphieren. Das Wüstenwunder des Feigenbaumes, der ausschlägt, und des Weinstockes, der grünt, wird sich noch einmal ereignen. Israel, das ist das Wunder der Auferstehung."

Sie erkennt die beiden Gesichter wieder. Es sind die zwei Eifrigsten der Bibelgruppe. Gewöhnlich beten sie inbrünstig und mit Übereifer und erheben sich jedesmal als erste, wenn es darum geht, ihren Glauben zu bezeugen und den Jugendlichen Ratschläge zu erteilen.

Wie vernichtet durch die Offenbarung derartiger Scheinheiligkeit verschwindet E. hinter dem Gebüsch. Ihr ist, als hagelten Schläge von allen Seiten auf sie nieder. Wie weit der Weg noch sein wird! Schweizer und Araber: ein unverzeihliches Gemisch. Ein Gemisch, das den ungeborenen Säugling zum Schreien bringt und den Toten noch einmal kreuzigt. Die ganze Arroganz des Okzidents, der auf den Orient herabblickend diesen selbstherrlich zerschlägt und erdrückt, der den Orient sich selbst überläßt, nachdem er sich an dessen Butter, Oliven und Früchten überfressen und seine Vögel getötet hat, der seinen Reichtum dem Schweiß, den Muskeln und dem gekrümmten Rükken des Schwarzen verdankt und seine Maschinen mit dem Öl vom Olivenbaum des Fellachen schmiert, der sich mit dem Wein des verdammten Arabers erfrischt und seine Städte aus dem Stöhnen der Sklaven erbaut hat.

Der Mensch hat Gott verkleinert und nach seinem eigenen Bild geschaffen. Nach dem verdrehten, verzerrten Bild des unvollkommenen, heuchlerischen und verlogenen Menschen. Und dieser sauberselbstgerechte Gott richtet seitdem über die Welt. Und der Mensch hat vergessen, daß er, anstatt Gott in sich sprechen zu lassen, selbst spricht und selbst die Gesetze schreibt, die ihn einengen, verkleinern, unterjochen und Gott in ihm verkümmern lassen.

Nein, Gott entspricht nicht diesem kümmerlichen Bild! Gott kommt, um zu befreien, zu lieben, zu verstehen und Freude und Hoffnung zu schenken! Nein, der Glaube ist kein Schwert, das richtet und zwischen Schwarz und Weiß wie zwischen Bösem und Gutem scheidet oder die Menschen vor eine Mauer stellt, um den Größten und Gerechtesten zu finden!

Der Glaube ist eine Flamme, die nur durch Liebe, durch die Bereitschaft zu verstehen und durch das Gebet in Gemeinschaft mit Gott wächst. Der Glaube eröffnet sich dem, der ihn annimmt, der sich dem Strom von Liebe, Zärtlichkeit und Verständnis öffnet. Er ist ein langer Prozeß des Wachsens. Hört auf, euch gegenseitig euren Gott an den Kopf zu werfen, der sich hinter euren Dogmen und eurer Sonntagsmoral verbirgt! Diesen düsteren Gott eurer verkommenen Institutionen und eurer auswendiggelernten, leeren und in den Kirchen ewig wiederholten Rituale!

Gott wird dem, der sich ihm täglich zuwendet, sein reines, klares Gesicht offenbaren. Er wird ihn lehren, die Menschen, die ihm Schmerzen zugefügt haben, zu lieben und gezielt seinen Weg zu gehen, ohne dabei die anderen um ihn herum zu richten. Dem, der in sich Gottes Frieden wirken läßt und der den Armen und Leidenden seine Hilfe anbietet, wird er zeigen, wie auch die Welt Frieden finden kann. Für den, der bereit ist, im Glauben zu wachsen, wird der Glaube zur Befreiung, zu einer Flamme der Liebe, der Großzügigkeit und der Güte. Und ein Hauch voller Leben und Frieden wird von ihm auf die anderen überströmen. Glaube ist Liebe, nicht Gericht!

Männer und Frauen der Dritten Welt,
Laßt eure von Jahrhunderten der Sklaverei heiser gewordenen
Stimmen ertönen!
Streckt eure von Ketten zerschundenen Hände und Arme aus
Und richtet eure von Peitschen blaugeschlagenen Rücken auf!

Der Blick der verschleierten Frau ist voll von einem
Fremdartigen Blitzen, von einer neuen Sprache.
Der schmerzende Arm des Schwarzen hat eine Stärke erlangt,
Mit der er Schleier aus Erz zerreißen kann.
Die überfallene Frau hat eine friedliche Antwort bereit,
Mit der sie Haß und Rache ausbrennt.
Die verletzte Frau hat das geronnene Blut ihrer Wunden
In Liebesblumen und Gärten der Zärtlichkeit verwandelt.

Und anstatt zu schlagen, weil man geschlagen worden ist, nimmt man die Blume aus geronnenem Blut aus der Wunde, formt daraus einen Schutzschild und bahnt neue Wege und Flüsse hin zu einer Welt, die all ihre Schwerter, Kanonen und Gewehre aufgeboten hat. Und angesichts der neuen Auswege und Öffnungen, durch die blendendes Licht voller Leidenschaft und Hoffnung fällt, werden alle Aggressionen zerstört, so daß die kriegerische Welt schließlich in sich zusammenfällt.

Und das kleine Kind findet die Straße zum Fluß
Und Männer und Frauen gehen gemeinsam, Seite an Seite,
Dem Licht entgegen.

Langsam entfernt sich das Schiff von der libanesischen Küste. Sie stehen dicht beieinander: ein Moslem und eine Christin, unmögliches Gemisch; dennoch realisiert durch Liebe, Glaube und Hoffnung auf eine bessere Welt, dank des gemeinsamen Zieles, den Kräften des Lebens und der Sanftmut zum Sieg zu verhelfen. Wieder spaltet das Schiff die Wellen desselben Meeres, das sie einige Monate zuvor mit ihrer Familie überquert hat. Heute sind sie zusammen. Sie betrachtet sein stolzes Profil und den nach Träumen dürstenden Blick, den sie so liebt. Er streichelt ihre Hände und zieht sie in Richtung Schlafkabine davon.

Fast scheint es ihr wie gestern, daß sie eine ähnliche Kabine betreten hat, in der ihr die Fremde das Zeichen zwischen den Schenkeln, diese riesige blaue Narbe der abgerissenen Knospe der Lust gezeigt hat. Und ihr ist, als höre sie die Schreie der Frauen, als sähe sie das in der Ebene fließende Blut, das zu tragende Kreuz, die zum Schwung bereite Sichel. Welch unendliches, unausweichliches, aufgezwungenes Leiden. Ende aller Freude, entrissener Genuß, erstickte Ekstase, vernichtete Frau!

In jedem Zelt schreiende Frauen,
Frauen, gefangen im Kreislauf des Wahns,
Schreien ihren Schmerz und ihre Lebensgier aus sich heraus,
Weinen Tränen, die bis zum Meer fließen,
Tränen, die sich mit der Gischt vermischen.
Ihre blau-violetten Narben werden von den Wellen überspült.
Und das Mädchen bittet seine Mutter, es in ihrem warmen Haus zu behalten
Und vor Messer und Blut zu schützen.
Und das Mädchen geht dem Meer entgegen und geht in ihm unter.
Heiratet, wenn ihr wollt,
Zwei, drei oder vier Frauen.
Aber wenn ihr fürchtet, nicht gerecht zu sein,
Nehmt euch nur eine Frau
Oder eure im Krieg gefangenen Frauen.
Dies ist besser für euch, als den Bedürfnissen einer großen Familie
Nicht gerecht werden zu können.

Er hält sie mit seinen kräftigen Armen umschlungen, trägt sie auf das feuchte Bett aus Meersalz und streichelt sie lustvoll. Ihr ganzes Sein ist durchdrungen von der Präsenz dieses Mannes, dem sie gefolgt ist, weil sie an ihn glaubt, weil er für sie Freiheit und Aufrichtigkeit verkörpert und weil es zwischen ihnen ein Band gibt, das stärker ist als die Gewalt und Zerstörungskraft dieses Krieges, der seine Leichen auf einen mit Haß besäten Boden pflanzt. Seine Arme umschlingen sie fester. Sie zittert.

Zerstörung des Mythos:
Schwache Frau, starker Mann,
Frau-Erde – Mann-Pflug.
Eingepflanzter, verkrusteter Mythos,
Schwäche – Leiden, Kummer,
Meer unendlichen Schmerzes.

Er bearbeitet sie. Sie läßt es geschehen, liefert sich aus wie ein Wesen ohne Zukunftsperspektive, wie ein Un-Wesen. Sie verfällt erneut der Fatalität. Er soll mich führen: Er, Er... Er kennt das Ziel und wird mir den Weg zeigen: „Ich bin der Weg, die Wahrheit und das Leben. Keiner kommt zum Vater, außer durch Mich. Das ist ein gradliniger Weg. Folgt mir! Folgt nicht den Wegen, die euch von Gottes Weg fortführen! Dies ist ein Gebot. Vielleicht werdet ihr es achten." Palästina, Christus, Mann aus Jaffa, der Weg, der, der sie pflügt, das Schwert, das sie zerteilt, die Nägel, mit denen sie gekreuzigt wird. Mein Vater, hilf, daß dieser Kelch nicht zu bitter wird! Durchdringe mich, oh, dringe in mich ein und laß die Folter ein Ende nehmen! Du sollst befriedigt werden, ja zufrieden mit mir sein, und deine Begierden sollen gestillt werden, damit du schließlich den Weg nach Damaskus gehst! Führe mich zu ruhigen Gewässern, wo wir beide friedlich leben, umgeben von grünen Weiden, Palästina wiederfinden und neu erbauen werden. Und dies alles dank deiner Kraft, mit der du mich durchdringst, weil ich mich dir ausgeliefert habe. Dank deiner Weltsicht, die ihren Ausdruck in dem Zeichen findet, das du um den Hals trägst. Im Zeichen Palästinas, dem Symbol von Auferstehung und Leben, einer neuen Welt, neuer Werte, die, in Samen verwandelt, auf die Erde herunterregnen und die lang ersehnte Erneuerung bringen werden.

Ich bin bei dir, umschlungen von deinen Armen. Und du siehst mich nicht einmal! Du siehst von mir nur dieses Stück Fleisch, das du in den Armen hältst, dieses mythologische Wesen, das du in eine Masse verwandelt hast, die du nach einer fixen, jahrhundertealten Idee modellieren willst. Nach dieser Kindheitsidee in dem großen Haus in Jaffa, als dein Vater sagte: „Siehst du, mein Sohn, du brauchst einen Pflug und Kinder, um die Erde zu bearbeiten und Samen zu säen. Dafür mußt du Gott bitten, daß er vom Himmel sein Erbarmen regnen läßt." Und du hast ihm aufmerksam zugehört, dachtest, daß ihr immer ein Land besitzen würdet, einen Pflug und Kinder. Glaubtest, daß Gott stets vom Himmel lächeln, euch Regen und Kinder schenken und mit Manna sättigen würde.

Du bist ein Kenner, mein Freund. Deine Finger durchdringen mich und lassen mich fühlen, daß es etwas zwischen uns gibt, das wachsen könnte: Ein Funke von Verständnis, eine ganze Welt von Zärtlichkeit, wenn du nur bereit bist, dein Inneres sprechen zu lassen, das sich hinter deinen beweglichen Fingern verbirgt. Und gewandt modellierst du mein Fleisch und durchdringst mich. Du kennst die Falten meiner Mythologie, aber mich siehst du nicht. Du kannst mich nicht sehen, weil du mich nicht anblickst. Du bist zu beschäftigt mit deiner Selbstbetrachtung. Und ich liege vor dir mit leeren Händen, leerem Bauch, gespreizten Beinen. Mein ganzes Sein dürstet nach Zärtlichkeit, Begegnung und Entdeckung, wartet auf das Ende der Explosion, um sich entfalten zu können und dir seinen größten Wunsch, von dir wahrgenommen zu werden, mitzuteilen.

Entwurzelte Frau, die sich auf das Licht zu bewegt.
Eine Frau, die, erstarrt im Schweigen und gekreuzigt im Leiden,
Geduldig in ihrem tiefsten Inneren arbeitet,
Damit andere Frauen das Leben erblicken.
Und das kleine Kind verläßt die Mutterbrust,
Stürzt auf den Fluß zu,
Wo der Drache es erwartet:
Das Ungeheuer mit den sieben Köpfen,
Das das Ende vorbereitet.

In der Ferne zeichnet sich die Küste ab. Eine platte, goldgelbe Küste. Naht zwischen Wüste und Meer. E. gleitet ihrer Zukunft entgegen. Zwischen ihnen hat sich Schweigen eingestellt. Kein komplizenhaftes Schweigen. Kein Schweigen des Verstehens und Einverständnisses. Vielmehr eine Mauer aus Schweigen. Ein trennendes Schweigen, das Zweifel in ihr sät. Wo sind die Momente der Nähe angesichts desselben Meeres, in denen sie eine gemeinsame Zukunft verband, in denen ihre beiden Körper zu einem gemeinsamen Ziel miteinander verschmolzen waren?

Sie betrachtet ihn: Sein Profil hat sich verhärtet. Sein Blick verliert sich in der Ferne. Sie ergreift seine Hand und versucht, ihre Finger mit seinen zu verbinden, um sich an dem Blutstrom, der ihn durchfließt, an seinem Geruch und seinem Feuer aufzuwärmen und die in ihr aufsteigende Angst zu besiegen.

„Sobald wir im Dorf ankommen, wirst du dich verschleiern müssen. Als Frau mußt du einen Schleier tragen, wenn du respektiert werden willst. Du darfst dich nicht von den anderen unterscheiden. Als Lehrer werde ich große Verantwortung vor den Autoritäten der benachbarten Stadt tragen. Ich möchte nicht, daß die Leute tratschen. Schon die Tatsache, daß ich eine Christin mitbringe, wäre skandalös."

Sie schweigt. Eigentlich sollte sie etwas erwidern. Aber sie schweigt. Was sollte sie ihm auch entgegnen? Dennoch wäre es wichtig, jetzt zu reagieren. Die Kindheitsszenen werden wieder lebendig – als sie versuchte, ihrem Vater standzuhalten. Ja, damals hätte sie sich auflehnen, ihrem Vater die Stirn bieten müssen und sich nicht in ihr Zimmer einnageln lassen dürfen. Lieber sterben als sich kreuzigen lassen! Aber was hätte sie damals wirklich tun können? Und was heute? Sie will nicht sterben, nicht jetzt, noch nicht...

Kniende Frau mit gekreuzten Händen,
Die Arme der Welt entgegengestreckt,
Eingeschlossen in deren Gleichgültigkeit und Apathie.
Gebrochene,

Von den Ketten ihrer Brüder zerschlagene Frau,
Das Leiden der Welt tragend.

Oh P., alle P.s der Welt.
Ein einziger, vor Haß brennender Schmelztiegel,
Ein Feuer, das alles mit seiner Kraft verschlingt,
Das die Frau vernichtet,
Festnagelt,
Zum Schweigen verdammt
Und in Asche verwandelt.

Und die Frau nimmt die Asche und verwandelt sie in Blumen,
Webt daraus einen Vorhang aus Liebe und Zärtlichkeit
Und spannt ihn zwischen sich und dem Mann auf,
Damit er den Unterschied erkennt.
Sie nimmt das Kind und versteckt es unter ihrer Brust.
Sie hält den zahnlosen Rachen der Schlange vom Kopf des Kindes fern
Und haucht Leben in sein Herz,
Damit es ein neuer Mensch werde.
Und dort, wo der Haß zugeschlagen hat,
Pflanzt sie, pflanzt und begießt
Mit ihren Tränen den neuen Baum.

Sich weigern, einen Schleier zu tragen? Warum denn? Sie hat ja Lust, in die Welt des Schleiers einzudringen, diese Welt verschleierter schweigender Wesen; in diese Welt des Wartens, der ungesagten Worte und fragenden Blicke, der zugenagelten Münder und der zahnlosen Kinder. In diese Welt der Gesten, die aufeinandertreffen, ohne etwas auszusagen, in diese schwarze Welt voller Verzweiflung und Leiden; in diese Welt, die sie berufen ist, zu verstehen.

Sie zieht ihre eiskalt gewordene Hand zurück. Ihr Herz schlägt so heftig, daß sie Angst hat zu zerspringen. Das Schiff ist fast am Kai angelangt. Hitze steigt vom Boden auf und umschlingt sie. Es ist eine feuchte Hitze, die an der Haut klebt. Die Masse drängt zum Ausgang.

Einen Moment lang wird E. von Panik ergriffen: Wäre es nicht besser, sich in dieses Wasser zu stürzen, sich auf ewig zu vernichten, um vor diesem neuen Leben zu fliehen, das sie dort erwartet, in der erstikkenden Hitze eines Tages, der niemals hell und frisch sein wird, und mit einem Mann, der ihr völlig fremd geworden ist und die Welt verkörpert, aus der sie geflohen ist? Aber das Wasser im Hafen ist schmutzig und ölig, genauso trüb wie dieses neue Leben, das sie erahnt. Sie denkt an die Welt der Frauen, die sie entdecken wird! Für sie siegen! Wenn nur wenigstens eine von ihnen siegen würde!

Sie werden bereits von P.s Bruder erwartet. Er hat das gleiche spöttische Lächeln, das ihr an P. ganz zu Anfang, als er sie von der Schule abholte, aufgefallen war. Er betrachtet sie eindringlich. Reflexartig führt sie ihre Hände zum Gesicht. Es wird anders sein, wenn ein schwerer Stoff eine Trennwand zwischen ihrem Gesicht und seinem Blick schafft. Sie wird ihn weiterhin sehen, doch er wird von ihr nur einen glänzenden Stoff wahrnehmen, der ihre Gesichtszüge verdeckt, während sie ihn betrachtet. Er wird ihren Blick nur noch fühlen. Es wird keinen Austausch mehr geben.

„Das ganze Dorf erwartet euch! Ich habe euch Kleider mitgebracht, die für eure neue Rolle angemessener sind."

Wie er das ausspricht! Mit welcher Ironie in der Stimme! Und wie er sie mit seinem Blick vergewaltigt! Ob P. es bemerkt? Er ist bereits zu sehr damit beschäftigt, die Stoffe aus dem Koffer zu holen, die sie in einen neuen Mann und eine neue Frau verwandeln sollen, für ihre neuen Rollen in einem Land mit uralten überlieferten Sitten. Für sie findet er einen langen, dicken Schleier, eine Art Umhang, der einhüllt und verdeckt, und eine schwarz-blau-violette Gesichtsmaske. Die Maske teilt sich senkrecht von der Stirn bis zum Kinn in zwei Teile, zusammengehalten von einer Verbindung, die wie eine zweite Nase aussieht. An jeder Seite befinden sich Schlitze für die Augen. Die Maske wird mit vier goldenen Gummibändern, zwei über und zwei unter den Ohren, hinter dem Kopf zusammengebunden. Dazu gehört ein kleiner transparenter, mit Diamanten besetzter schwarzer Schleier.

„Ein Zeichen dafür, daß du jung und wohlhabend verheiratet bist", erklärt der Bruder, indem er den Schleier schwenkt.

E. fragt sich, wie sie all die schweren schwarzen Hüllen bei dieser Hitze ertragen wird. Aber die Brüder drängen bereits ungeduldig: zuerst die Maske, dann der transparente und schließlich der große Schleier. Stoffe und Gummibänder schnüren ihren Kopf ein und eine aufsteigende Migräne pocht in ihren Schläfen. Die Augenschlitze sind gerade nadelgroß, und ihre Sicht wird von Dunkelheit umrahmt. Sie fürchtet zu ersticken. In einer inständigen Geste des Bittens und der Auflehnung streckt sie ihre Arme, die einzigen unbedeckten und noch freien Körperteile, nach dem Himmel aus. Sie betrachtet den Bruder, aber der hat sich bereits abgewandt...

Hinter den Schleier gedrängte,
In ihr Inneres zurückgestoßene Frau.
Sie schlägt gegen die Wände ihres Herzens
Und stößt auf den Schleier.
Hinter dem Schleier verschmelzen
Ihre Vergangenheit, ihre Gegenwart, ihre Zukunft
Zu einem einzigen Bild.
Zu weinen vermag sie nicht mehr,
Denn ihre Tränen sind spürbar nur noch ihrer Haut
Hinter dem Schleier.
Und der Blick des anderen
Wird ihr nie mehr antworten.

Das Auto fährt eine staubige Straße entlang. Wüste und Sand ziehen sich endlos hin. Sie sitzt schweigend in ihren Schleier gehüllt, das Gesicht der Landschaft zugewandt, die durch Auto und Schleier hindurch in sie eindringt. Sie gehört nun nicht mehr in die Welt der Männer. Mit dem Schleier hat sie die Schwelle überschritten und ist in die Welt des Schweigens, in die Welt des Mysteriums eingetreten. Sie hat Mühe zu atmen. Wird sie diese Selbstverleugnung ertragen? Man hat sie erdrückt. Schon in ihrer Kindheit ist sie erdrückt und erstickt worden, auch wenn sie sich aufgelehnt hat. Ja, hat sie nicht schon versucht zurückzuschlagen, geschrien und Vaters Joch abgeschüttelt? Aber wird sie die Kraft haben, sich noch einmal aufzulehnen?

Vorne im Auto unterhalten sich die beiden Männer. Der Inhalt des Gespräches entgeht ihr. Die Trennung ist bereits vollzogen, ihre Worte haben jeden Sinn für sie verloren. Die Sprache ist zu einem Vehikel geworden, wie das Auto selbst, zu einem Instrument der Konventionen, zu einem Instrument der Macht, zu einem Münzautomaten, zu einer einzigen kreischenden Dissonanz... Und sie reden und reden ... von Arbeit, Geld und Macht.

Sie im Hintergrund bedeutet nichts mehr: ein liegengelassenes Objekt, ein schwarzer Berg, den man spazierenfährt, den man nach Hause bringen muß, um dort durch seine weichsten Öffnungen in ihn einzudringen, damit er Junge hervorbringt, viele Junge, zwischen dem Berg und P., zwischen ihrem Traum und ...

Die Schlange zischt.
Die Frau kratzt mit Fingernägeln an der Mauer,
Mit den Handflächen klopft sie und klopft
Und nur das Echo antwortet.
Sie will das Meer sehen, zum Ausgang finden.
Die Schlange hat sich dem Kopf des Kindes genähert.
Das Kind weint und die Mutter hebt es zu sich auf.
Sie versteckt es in ihrem Schleier und unter dem zerrissenen Kleid.
Ihre Hände und Nägel sind blutig, die Füße verletzt,
Die Schlange zischt an der Mauer entlang
Und die Frau hat Angst.

Das Auto hat das Dorf erreicht. Nachbarn und Freunde, Eltern mit ihren Kindern erwarten sie im Innenhof in ihrer neuen Bleibe. Der rechteckige Platz ist von flachen, dicht aneinandergebauten Häusern umgeben: geschlossene Häuser, ein von Mauern umschlossener Innenhof, Mauern, die wiederum von Mauern umgeben sind. Die zahlreichen Kinder blicken sie mit großen runden Augen an. Diese Blicke treffen sie mitten ins Herz. Es sind die gleichen Blicke, die ihr schon beim Besuch des palästinensischen Lagers begegnet sind. Fragende Blicke, neugierige Blicke, Blicke voller Hoffnung, Blicke, die zu verstehen versuchen, Blicke, die sie durchdringen.

Aber was kann ich ihnen schon bedeuten? Ein schwarzer Berg, der sich bewegt! Die neu Angekommene, die Christin, die Fremde. Wo sind ihre Träume geblieben, die sie gemeinsam angesichts des Meeres und des unendlichen Himmels träumten, als er ihre Hand hielt und streichelte und zugleich von all den Kindern sprach, für die sie eine neue Welt errichten wollten? Welche Botschaft kann sie ihnen schon bringen? Eine zu bloßer Masse reduzierte, eingeschlossene, eingewickelte, zugenähte und in ihrem Schleier gefangene Frau?

In einem Anflug von Verzweiflung und Angst streckt sie den Kindern ihre Hand entgegen, eine Geste der Sehnsucht, sie zu erreichen, zu verstehen, zu verwandeln, des Wunsches, die Zweige wegzubiegen, aus dem Dickicht hervorzutreten und sich zu entfalten. Doch niemand bemerkt ihre Geste und niemand versteht ihre Angst.

Sie betritt eines der Zimmer ihres neuen Hauses. Sie muß die Schuhe am Eingang zurücklassen. Der Raum ist groß, quadratisch und mit bunten Teppichen ausgelegt. Auf einem Sims entlang der Wände, der als Sitzgelegenheit dient, liegen bestickte Kissen, dahinter ein Wandbehang mit geometrischen Mustern in grellen Farben. Im hinteren Teil des Raumes befindet sich das große, mit einer violetten Daunendecke überzogene Bett. Gegenüber entdeckt sie einen mit islamischen Motiven verzierten Schrank. Der Raum ist hell und freundlich. Auf dem Boden steht ein großes, mit einer Strohhaube bedecktes Tablett. E. läßt sich auf dem Boden nieder und bemerkt, wie schmutzig er ist: fettige Flecken und Krümel überall. Eine Frau hebt die Strohhaube vom Tablett und bietet ihr Früchte an: Mandarinen, Bananen und Äpfel, auf die sich sofort eine Wolke von Fliegen stürzt.

Um sie herum sind Frauen damit beschäftigt, Kaffee und Gebäck zuzubereiten. Bald ist der Raum von einem Duft aus Orangenblüten, Safran und Ingwer erfüllt. Sie betrachtet die Frauen, die ihren Blick erwidern. Hinter dicken Schleiern verborgene Zeichen des Einverständnisses, gemischt mit Zuneigung und Verständnis. Diese Blicke erwärmen ihr Herz. Seitdem sie ihr Land verlassen hat, hat sie sich nicht mehr so wohl gefühlt. Sie empfindet wie bei Mutters Gebeten die Güte und spontane Großzügigkeit, die aus Leiden und Unterdrückung erwächst, aus einem Gefühl, daß es besser ist, sich zu solidarisieren und in Harmonie zu leben – entgegen der Männerwelt, entgegen der Isolation, entgegen dem Schleier.

Die Wüstennacht hat sich herabgesenkt: eine schwere, sternbeladene Nacht des Schweigens und der Verschleierung. Die Frauen sind längst in ihre Häuser zurückgekehrt und die Kinder eingeschlafen. Sie wartet voller Angst darauf, was diese Nacht ihr bringen wird. Wird er die Schichten ihres Schleiers, diese sie trennende Wand zu durchdringen vermögen? Wird sie ihn zum Sprechen bringen und selbst reden können? Wird es eine Begegnung zwischen ihnen geben?

Sie wartet in der undurchdringlichen, belastenden, unendlichen Stille. Warum wartet die Frau immer? Warum diese ewige Selbstverleugnung? Diese Passivität! Diese Opferbereitschaft! Kann es in einem solchen Verhältnis noch Aufrichtigkeit geben? Sie taucht ihre feuchten Hände in Orangenblütenwasser, spürt die Zartheit der Blüten und deren Parfüm. Wie frisch und wohltuend! Sie nimmt ihren Schleier und die Maske ab und zieht sich aus, um die milde und belebende Frische auf ihre erregten und gespannten Nerven wirken zu lassen.

Sie befeuchtet ihre Brüste, Vagina, Bauch und Nacken mit dem Wasser, reibt sich mit Ambra- und Muskatöl ein und streichelt sich behutsam, um jeden einzelnen Teil ihres Körpers zu entdecken und kennenzulernen. Wird sich auch ihm all das erschließen? Und er? Wird es ihm gelingen, seinen Körper sprechen zu lassen?

Er ist eingetreten und betrachtet sie erstaunt. Beim Anblick ihres nackten, im Mondlicht glänzenden Körpers, beginnen seine Augen vor Begierde zu blitzen. Leidenschaftlich zerdrückt er ihren Mund.

„Wie schön du bist! Ich will Kinder von dir!"

Er zerreibt sie, knetet sie, durchdringt sie. Er will Kinder von ihr.

Er will aus ihrem Inneren das Verständnis herauspressen, das er ihr verweigert. Er will, daß sie sich ihm öffnet, um zu schenken, ohne ihr selbst etwas geben zu wollen. Er will, daß sie nützlich ist, daß ihr Bauch fruchtbar ist und nicht etwa verflucht von der Trockenheit, vom Hauch der Wüste, der alles versengt. Und dies alles nur, um seiner Umgebung zu zeigen, daß der Same gut ist und Gott seine Ernte gesegnet hat.

Ihr ganzer Körper bäumt sich gegen diesen Mann auf. Sie muß kämpfen, muß ihm zeigen, daß sie nicht nur Kinder zu gebären vermag, sondern daß es in ihr eine schöpferische Kraft gibt, die nach außen drängt, daß es eine Sprache gibt, die sie für ihn malen, weben, formen will, damit sie nach und nach gemeinsam die Fäden wieder aufnehmen können, um die Welt aufzubauen, die sie sich, wie sie meint, einst beide ersehnt hatten.

Sie bäumt sich gegen ihn auf, krallt ihre Finger in sein Fleisch, aber er bleibt gefühllos gegenüber ihren Anstrengungen. Seine Bewegungen erregen sie und bringen sie schließlich zum Orgasmus. Auch sein aufs Äußerste gespannter Körper gibt sich dem Orgasmus hin. Er sieht sich selbst dabei zu. Sie dient ihm als Spiegel für seine Lust. Dann spürt sie, wie sich sein Körper entspannt und schwer auf ihre Handflächen sinkt, die sie ihm mit aller Kraft entgegenstemmt. Schließlich schläft er in den Falten ihres Schleiers ein.

Die Nächte folgen mechanisch auf die Tage und mit jeder neuen Nacht wiederholt sich die vorangegangene: ihr Warten, ihre Angst und ihre gequälte, eingesperrte und unverstandene Sehnsucht. Jede Nacht ist ihr Körper zerrissen und durstig. Jede Nacht stemmt sie sich gegen einen Mann, der sich bereits häuslich niedergelassen hat, der seiner selbst und seiner sozialen Stellung sicher ist, der Erfolg haben wird und jede Frau haben kann. Ja, es genügt, daß er seinen kleinen Finger bewegt, um Frauen zu seinen Füßen zu sehen, die er alsbald in Sklavinnen verwandeln wird, die ihn brav mit ihren runden Körpern nachts erwarten, die sich ihm öffnen, um ihm Befriedigung und Entspannung seiner vom Arbeitstag in der Stadt überreizten Nerven zu ermöglichen.

Sie macht sich keine Illusionen mehr. Sie weiß, daß die Gesetze es ihm gestatten, andere Frauen zu haben. Alle Frauen in der Umgebung eines Mannes haben diesen miteinander zu teilen. Sie beklagen sich nicht und leben als Unterworfene in der Erwartung ihres Todes. Nur von Zeit zu Zeit erinnert sie die Geburt eines Kindes daran, daß ihr Los nicht ganz und gar sinnlos ist, daß mit den Kindern das Leben weitergeht, da sie den Kreislauf der Generationen fortsetzen.

Mit der Zeit beginnen die Frauen untereinander zu flüstern und auf E.s Bauch zu blicken. Trotz der arbeitsamen Nächte ist er noch immer flach und P. wird zunehmend unruhiger. Er will Kinder, viele Kinder. Ein flacher Bauch ist ein schlechtes Omen. Ein Zeichen dafür, daß die Saat nicht angegangen ist und die Arbeit schlecht war. Ein Zeichen, daß das Schicksal besiegelt ist und seine Wünsche nicht in Erfüllung gehen.

Jede Nacht verdoppelt er seine Anstrengungen. E. hat begonnen, sich dieses Kind zu wünschen. Ja, sie träumt bereits davon. Oft wacht sie nachts mit feuchten Händen und klopfendem Herzen auf, weil sie glaubt, den zarten Körper eines Säuglings mit seidigen Haaren an sich gedrückt und an ihrem Busen gespürt zu haben. Die Sehnsucht nach einem Kind ist zu einem intensiven, geradezu körperlichen Bedürfnis geworden, das ihrer Unterdrückung in der Vergangenheit und ihrer Ausweglosigkeit in der Gegenwart entspringt. Einer Gegenwart, die ihre schönsten Träume hätte verwirklichen sollen. Ich will ein Kind! Vielleicht wird er, vielleicht wird *sie* verwirklichen, was mir als meine große Aufgabe vorschwebte!

Worauf warten sie
Wenn nicht darauf,
Daß die Engel kommen
Oder der Herr
Oder ein Zeichen des Herrn?

Ihr Wunsch erfüllt sich. Ihr vor Erwartung erhitzter Bauch hat aus

Adern und Gewebe einen fruchtbaren Boden für die Saat gewirkt, eine Erde geschaffen, die Leben und Hoffnung gedeihen lassen wird. Ja, es hat dort in ihrem Bauch, in ihrem Innersten, eine Explosion stattgefunden. Gierig hat er den auserwählten Samen in sich hineingeschlungen, den einzigen unter hunderten anderen, der sich zu vereinigen und zu durchdringen vermag, der einzige, der zur einmaligen Entstehung eines Wesens und zu den Elementen eines neuen Lebens beitragen kann.

Draußen im Hof laufen die Frauen hin und her. Ihre Schleier flattern im Wind. Seit einigen Tagen weht der Chamsin, ein Wüstenwind mit Stärke drei, fünf oder gar sieben, Sand herbei und verstreut ihn überall. Die Frauen klagen darüber, daß er in die verstecktesten Stoffalten ihrer Schleier dringt und schütten eimerweise Wasser in den Innenhof. Die Kinder haben, gelähmt von der Hitze, aufgehört zu spielen.

Auch E. leidet unter der Hitze. Sie liegt ausgestreckt auf ihrem Bett, ihr Mund ist ausgetrocknet und ihre Augenlider sind schwer vom Sand. Sie bittet um Wasser.

Gott weiß, was jede Frau in sich trägt
Und kennt die Dauer der Schwangerschaft.
Alle Dinge sind von ihm bemessen.
In ihrem Innern wird Wasser sprudeln,
Ein Wasser, das die Wüste zum Grünen bringt.
Wir schicken Winde, beladen mit schweren Wolken:
Und lassen Wasser vom Himmel fallen,
Mit dem wir euch tränken
Und das ihr nicht aufbewahren könnt.

E. kann nicht daran glauben. Alles in ihr ist ausgetrocknet, sie stöhnt und windet sich auf ihrem Bett. Die Frauen bringen ihr Limonade, die nach Orangenblüten schmeckt. Sie versucht zu essen, aber nichts als die Sandkörner und der heiße, alles Leben vernichtende Wind vermögen in sie einzudringen.

Wo ist P.? Sie sieht ihn nicht mehr. Seit sie schwanger ist, hat er sie vernachlässigt. Man sagt, er sei in der Stadt. Um sie herum wird geflüstert. Die Gesprächsfetzen, die sie aufschnappt, erstaunen sie nicht. Dennoch fühlt sie sich gekränkt.

Heiratet, wenn es euch gefällt,
Zwei, drei oder vier Frauen.
Aber wenn ihr fürchtet, nicht gerecht sein zu können,
Nehmt nur eine Frau oder eure Kriegsgefangenen.

Seit sie nicht mehr zur Befriedigung seiner Leidenschaften dient, seit der Same gesät und die Saat angegangen ist, läßt er sie allein: Sie, die krank vor Hitze und voller Angst vor dem neuen Leben in ihr ans Bett gefesselt ist. Eigentlich müßte sie erleichtert sein, daß er nun andere Wege geht. Woher kommt ihre Angst?

Die Schwangerschaft der Frauen wird mit der Geburt enden,
Für die, die Ihn fürchten, wird Gott die Dinge erleichtern.

Sie fühlt sich schrecklich einsam in dem damastbezogenen Zimmer mit dem violetten Bett. Es ist noch schlimmer als der Raum, dessen Fenster vernagelt und dessen Tür verriegelt war, denn draußen gibt es nichts, nicht einmal mehr die Hoffnung auf ein Versprechen, nicht einmal das unendliche Meer.

Und ihr Bauch gewinnt an Umfang und entfaltet sich wie die Wüstenblumen mit ihren großen, bunten, glänzenden Blüten, die sich an einem Tag öffnen und nur einen einzigen Tag lang leben. Sie betrachtet ihren glatten Bauch und das Zittern ihrer Haut, wenn sich das Kind bewegt. Sie trinkt viel, trinkt fast ständig und wünscht sich, daß das Wasser sie mehr und mehr ausfüllen möge, um in ihr ein neues, anderes Leben zu schaffen: Ein Kind, das herausschreit, was sie verschweigen muß. Wenigstens dieses Kind muß sprechen, muß die gescheiterte Vision weitertragen! Man will, daß ich mich unterwerfe und schweige. Daß ich meinen inneren Widerstand unterdrükke. Und sie trinkt und ißt Datteln, damit das Wasser und die Früchte in ihr ein echtes Leben heranwachsen lassen, das nach Gerechtigkeit, Wahrheit und Freiheit ruft.

Und das Kind wird das Zelt verlassen, um in die Wüste zu ziehen.
Es wird den Weg zum Fluß suchen
Und darauf Feuerblumen entzünden.
Und das Kind wird den Vögeln die Samen der Sonne hinstreuen.
Doch der Wind wird alles verwehen
Und eine Staubwolke wird sich erheben, die das Kind blendet
Und Früchte und Blumen austrocknet.
Und das Kind wird mit dem Fluß zum Meer wandern,
Wo es die Mutter verfluchen wird, die es geboren hat.

Der Mann kehrt nicht zurück. Er bleibt in der Stadt, die seinen Bestrebungen, seinem Ehrgeiz, seinem Stolz und Narzißmus Befriedigung verschafft. Er läuft hinter Geschäften, Geld und Frauen her, die er sich durch Ansehen und Macht erkauft.

Frau, komm hinter deinem Schleier hervor!
Wehre dich gegen den äußeren Einfluß,
Gegen diese Macht, die dich vernichtet!
Laß deine Stimme hören, die jetzt noch ein vages Zittern
Gleich den Geigen der Wüstennächte ist,
Auf daß sie sich mit den anderen Stimmen der Schleier
Und den Händen der anbrechenden Tage vereine,
Damit alle Hände und alle Stimmen gemeinsam das Schwert ergreifen
Und es in Rosen, in Erde und in einen Garten verwandeln.

Das aus Erde gebaute Haus saugt die Sonne in sich auf, ohne auch nur etwas von deren Licht zurückzustrahlen. Es ist heiß: Eine drückende Hitze, beladen mit Angst und dem Gefühl des Eingesperrtseins. Selbstversunken steht E. im Hof. Ihr fehlt selbst die Kraft, die Fliegen zu verjagen, die sich auf ihr niedergelassen haben. Überall

Fliegen, die sich auf Mund und Augen der herumlaufenden Kinder setzen: fette haarige, kleine langbeinige, blaue, rote und schwarze Fliegen – ein Teppich, ein Schleier von Fliegen.

Im Hof machen sich die Frauen an den kleinen Mädchen zu schaffen, die für die Beschneidung vorbereitet werden. Drei Mädchen im Alter von zehn bis zwölf Jahren stehen in der Mitte, die Augen gesenkt und die Hände über dem Bauch gefaltet. Sie sind wie jung Verheiratete gekleidet, haben die Augen mit Kajal untermalt, Hände und Füße mit Henna gefärbt, die Gesichter mit Puder geweißt und die Wangen mit Rouge gerötet. Ihre mit Pailletten besetzten Kleider glitzern weiß und goldfarben. Die Hebamme tritt, gefolgt von anderen Frauen sowie der Familie der jungen Opfer, in den Hof. Ihre Arme sind mit goldenen Armreifen bedeckt und unter einem bunten Kopftuch leuchten ihre hennaroten Haare hervor. Ihre Stirn ist tätowiert, und in ihrem fast zahnlosen Mund sind einige Goldzähne sichtbar.

Und daneben zittern die kleinen Mädchen. Schon oft, als sie noch klein waren, hat man ihnen mit der Beschneidung gedroht. „Nimm dich in acht, wenn du dies tust, wird man dich beschneiden oder wenn du jenes tust, wird der Arzt dir eine Spritze geben.“ Aber was damals nur Drohung war, steht ihnen jetzt bevor, ohne daß sie die Tragweite des Eingriffes erahnen. Doch haben sie bereits andere Nachbarinnen ihres Alters tage- und nächtelang schreien gehört und wissen, daß viel Blut fließen wird.

Das Blut macht ihnen Angst:
Das Blut aus Henna,
Das Blut der Frauen,
Das in die Erde fließt
Und diese in Gärten der Angst und Gewalt verwandelt.
Das Blut des geschächteten Schafes,
Das Blut aus den Tränen, die in der Ebene fließen,
Die Frauen, die eine nach der anderen
Zur BESCHNEIDUNG kommen,

Ohne von Messer, Schraubstock
Und vom Ende ihrer Lust zu wissen.

Und im Hof zittern die kleinen Mädchen. Und der Wind weht Sand und Fliegen ins Innere der Einfriedung: Fliegen, die sich auf Augen und Mündern der Kinder festkleben und auf das Blut warten. Die Frauen haben eine Matte ausgebreitet. Sie bringen Schalen voll Wasser und Weihrauch herbei, den sie in irdenen Töpfen verbrennen. Die Hebamme hat sich hingehockt und wickelt die Operationswerkzeuge aus einem großen, mit öligen Ringen bedeckten Stoff: ein spitzes Messer, Rasierklingen, polierte Steine, grünes Hennapulver, Bindfäden und Nadeln.

Das Opfermesser,
Die scharfe Klinge, die tötet, trennt,
Die die Knospen der Lust
Und die Blüten der Freude herausreißt.
Die Öffnung hin zur Ekstase, verschlossen, zugenäht, für immer versiegelt,
Wie ein großer eiserner Schleier,
Eine rostige Maske,
Ein bleierner Vorhang.

Die Frauen haben das erste kleine Mädchen gepackt und halten es von allen Seiten fest. Sie heben sein Kleid hoch und setzen es auf einen Hocker über eine weiße Schüssel. Sie halten seine Beine auseinander, so daß das rasierte Geschlecht offen im Sonnenlicht liegt. Der Blick des kleinen Mädchens ist starr unter dem Einfluß einer Hypnose. Die Hebamme zieht die großen und kleinen Schamlippen auseinander und holt die Klitoris, die bereits monatelang mit Brennesselblättern eingerieben wurde, hervor, schneidet sie ab und wirft sie in die Schale. Das Mädchen schreit vor Schmerzen, und das Blut fließt. Der Griff der Frauen verstärkt sich. Die Hexe führt ihr Verstümmelungswerk fort: Sie schneidet die großen Schamlippen, die aussehen wie vor Angst rote Ohren, ab, und sie fallen zu der Klitoris in die Schale. Das Blut fließt jetzt in Strömen, und die Schreie des kleinen Mädchens gleichen denen eines Hundes, den man erwürgt. Die anderen Mädchen zittern vor Angst, aber ihre Gesichter haben einen gleichgültigen Ausdruck.

Monatelang hat man sie darauf vorbereitet, daß sie durch diese Prozedur müssen, um Frauen zu werden, und daß sie nicht heiraten können, wenn sie nicht beschnitten und zugenäht worden sind. Sie wissen, daß sie ihre Angst nicht zeigen dürfen, wenn sie als Frauen und nicht mehr als Kinder gelten wollen. Und die Hexe hat ihr Gemetzel beendet. Auch die kleinen Schamlippen sind abgeschnitten, vernichtet, damit das Geschlecht völlig glatt und unzweideutig, das heißt, ohne männlichen Anschein, ist. Aber jetzt ist es nur noch eine offene Wunde, geschwollen und blutig. Das Blut fließt auf Beine und Kleid des schreienden kleinen Mädchens. Die Frauen schreien, singen und skandieren einen Rhythmus dazu. Und ihr Gesang übertönt die Schreie des Kindes. Sie singen ihre Rache.

Ihr verstümmelten Ahnungslosen,
In der Ebene schreien die Frauen
Und singen im Dorf,
Erinnern sich an dasselbe Messer,
An denselben Schlächter, an dasselbe Blut.
Und das Kind weint vor Schmerz
Über den toten Vogel an der Wegkreuzung.

E. sieht der Szene mit Entsetzen zu. Das Kind in ihrem Bauch hat sich bewegt. Sie drückt die Hände auf ihren Bauch, als wolle sie das sich schon zeigende Leben anhalten. Dieses Leben, das bereits beim Austritt aus dem Mutterleib schreien wird und doch eigentlich einen neuen Weg verkünden sollte. Sie hat Angst. Wenn das Kind ein Mädchen wird? Und wenn es auch unter das verstümmelnde, knechtende und erstickende Messer geriete? Wenn dieses Leben schon vernichtet würde, noch bevor es das Morgenrot und die Düfte der Nacht kennengelernt hat?

Die Fliegen kleben an ihr. Sie fliegen von den mit Blut und geopfertem Fleisch gefüllten Schalen auf ihre Hände, ihren Bauch und ihren Kopf. Ihre langen, vom frischen Blut klebrigen Beine tasten gierig die Wölbung ihres Bauches ab. Von Ekel ergriffen steht sie auf und kehrt schwankenden Schrittes in ihr Zimmer zurück. Gerade noch erreicht sie eine Schüssel, um sich darüber zu beugen und all das Blut, die Angst, das geopferte Fleisch und den Ekel vor ihrer erzwungenen Existenz zu erbrechen. Diesen Ekel vor ihrem Dasein als doppelt gedemütigte Frau, die nichts vermag, als vor ihrem Meister und Herrn, vor dem allmächtigen Vater und vor allen P.s der Welt, niederzuknien.

Und die Frau erbricht ihren Kummer,
Spuckt die Schande ihrer Ohnmacht aus sich heraus
Und gibt der Erde das Blut ihrer Wunde zurück.
Sie speit ihren Schmerz und Ekel aus,
Läßt die Bitterkeit aus ihren Eingeweiden quellen,
Und Zorn steigt in ihr auf,
Steigt höher und blendet sie.
Das bittere Gift bricht aus ihr hervor
Und fließt auf den Boden, der es aufsaugt.
Sie kniet auf dem Teppich nieder und sinkt in sich zusammen.
Dann faßt sie an ihren Bauch, der sich nicht geleert hat, und
kommt langsam zur Ruhe.

Draußen schreien die kleinen Mädchen unaufhörlich weiter. Mit ihrem Gesang und rhythmischem Klatschen übertönen die Frauen das Geschrei der jungen Frauen, aus denen sie das Leben herausgeschnitten haben: das Zittern der Erregung, den Austausch der verliebten Blicke, die Verlockung zum gemeinsamen Lusterlebnis, das Echo der Lust, die Möglichkeit zu geben und ohne Furcht und Scham das eigene Begehren auszudrücken, die Trunkenheit der gemeinsamen Ekstase, in der die verschiedenen Gesten sich

zu einem gemeinsamen Lied,
zu einem gemeinsamen Licht,
zu einem durch Liebe errungenen Sieg,
zu einer aus Zärtlichkeit gewebten Freiheit
und toleranter Gleichheit vereinigen.

E. übergibt sich erneut. Sie hält sich die Ohren zu, um das Gebrüll nicht mehr hören zu müssen, das in ihrem tiefsten Inneren widerhallt und sie verletzt und Sanftheit, Güte, Geduld, aufrichtige Liebe, sowie alle Tugenden, die sie gegen den Haß um sie herum in sich wachsen lassen will, verstümmelt. Und sie preßt die Hände gegen ihre Ohren, spuckt in die Schale und schreit. Schreit gegen die einengenden Sitten, gegen die Frauen, die ihre Töchter mißhandeln, und gegen die Männer, die nur Jungfrauen, nur Beschnittene mit einer zugenähten und von Blut angeschwollenen Vagina wollen.

Und sie weint über ihre Ohnmacht, über ihre Schwäche gegenüber dieser Gewalt und diesem unerträglichen Gemetzel. Sie weint, weil sie mit ihren Tränen weder ihr eigenes Kind, noch all die anderen Kinder, die man mit einem Blutbad auf das Leben vorbereitet, zu retten vermag. Wie kann man eine Welt verändern, die unter dem Vorwand revolutionärer Absichten Gewalt anwendet und den Krieg fortsetzt? Wie eine Mißhandlung verhindern, die wieder neue Mißhandlungen nach sich zieht?

Mit meinen Tränen das Blut abwaschen.
Mit meinen Händen das Messer zurückhalten.
Mit meiner Stimme ein neues Lied singen, das die Schreie übertönt.
Dem Vogel die Weite eines friedlichen blauen Himmels schenken.
Den Baum in die Wüste, in die Nähe des Vogels pflanzen.

Ein Geruch von Weihrauch dringt zu ihr herüber. Die kleinen Mädchen scheinen sich ein wenig beruhigt zu haben. Schwankend überschreitet E. die Türschwelle und betrachtet das Geschehen. In großen

Blutlachen liegen die kleinen Mädchen auf dem Boden ausgestreckt. Neben ihnen quillt aus Schüsseln Weihrauch hervor, ein Gemisch aus brennender Aloe, Benzoe und Sandelholz. Die Hexe kniet vor den Mädchen und trägt Eigelb und grünes Henna auf die noch blutenden Wunden auf. Eine Prozessionsbewegung formiert sich. Die Mütter halten die mit Klitoris und Schamlippen ihrer Töchter gefüllten Schalen hoch und singen: „Jetzt bringt ihnen einen Ehemann! Sie sind bereit. Bringt ihnen einen Penis herbei, denn sie sind nun Frauen!"

An dem Tag, an dem die Erde gewaltig erschüttert wird
Und die Berge bewegt werden,
Zu Staub zerfallen und verstreut sind...

In den Gärten des Genusses:
Dann werden viele unter den ersten Ankömmlingen sein
Und wenige unter den letzten,
Die Seite an Seite, auf die Ellenbogen gestützt,
Einander gegenüber auf den Ruhebetten lagern...

Und zur Belohnung ihrer Taten
Werden sie dort Houris mit großen Augen,
Gleich verborgenen Perlen, finden...

In Wahrheit sind wir es selbst, die diese Houris
In ihrer Vollkommenheit erschaffen haben:
Als Jungfrauen und Liebende von ewiger Jugend,
Für die Gefährten, die den rechten Weg gehen.

Und die Prozession entfernt sich in Richtung des Flusses. E. zögert. Sie taumelt und fürchtet, nicht bis dorthin zu kommen. Sie betrachtet die kleinen Mädchen, die wie Halbtote auf den Matten ausgestreckt in ihrem Blut liegen. Sie will dies alles begreifen, will der Prozession folgen und alles bis zum Ende mit ansehen. Sie führt die Hände zum Bauch. Sie fühlt sich niedergeschlagen und einsam. Eines der kleinen

Mädchen öffnet die Augen und betrachtet sie. Dieser Blick, der ihr von irgendwoher bekannt ist, durchbohrt sie. Sie erkennt die Traurigkeit und die offenen Fragen, diese Angst und dieses Leiden wieder: Die junge Frau vom Schiff... Die junge Ägypterin, die ihr dieselbe Szene beschrieben hatte und dann verschwunden war. Sie nähert sich dem Kind und lächelt ihm zu. Aber es hat, von einem Schmerzanfall ergriffen, die Augen bereits wieder geschlossen. E. betrachtet die klaffende Scham, die trotz des aufgetragenen Hennas noch blutet. Aus Angst, ihr könnte erneut übel werden, läuft sie vor diesem Anblick weg; weit weg von diesem Kind, von diesem erwürgten Vogel, der sie an die andere vergewaltigte Frau aus ihrer Vergangenheit erinnert. Sie läuft durch den Sand und fällt mehrere Male auf die Knie, richtet sich erneut auf, um weiterzulaufen, und schluchzt dabei angesichts all der Schmerzen, vor denen sie flieht.

Sie erreicht die Prozession. Die Frauen sind bereits am Flußufer angelangt. Sie halten die Schalen über ihre Köpfe und rezitieren Koranverse, wobei sie sich nach rechts und links beugen. Ihre bunten, mit Silber- und Goldpailletten besetzten Festtagskleider blitzen in der Sonne. Unter dem Wind und dem Klang ihrer Lieder wölben sich ihre großen schwarzen Schleier.

Oh Prophet!
Wenn die gläubigen Frauen zu dir kommen,
Um dir Gehorsam zu schwören
Und zu beteuern,
Daß sie sich kein Bild von Gott machen werden,
Daß sie nicht stehlen,
Daß sie sich nicht zum Ehebruch hinreißen lassen,
Daß sie nicht ihre eigenen Kinder töten
Und keine Schandtat, weder mit Händen noch mit Füßen, begehen werden,
Und daß sie sich den Konventionen beugen werden,
Dann bitte Gott für sie um Vergebung.
Gott ist bereit zu verzeihen und voller Erbarmen.

Und die Mütter schütten den Inhalt der Schalen in den Fluß. Einen Moment lang färbt sich das Wasser rötlich, bis alles unter den grünen Spiegelungen auf dem Fluß verschwindet.

E. betrachtet ihr Bild im Wasser: Spiegel ihrer Vergangenheit und Vision ihrer Zukunft. Beim Anblick dieser Frau mit geschwollenem Bauch, großen schwarzen und traurigen Augen und den in einer Geste der Herausforderung und des Gebets zum Horizont ausgestreckten Händen, durchfährt sie ein Schauer. Ihre Gestalt löst sich alsbald im grünen tiefen Wasser auf.

Die Frauen haben den Rückweg angetreten, und sie folgt in einiger Entfernung. Sie fühlt sich sehr müde und schwach. Die Nacht bricht herein. Die Wüste hat eine blau-violette Färbung angenommen. Die Sanddünen werfen lange drohende und kalte Schatten. Im Inneren der Mauern ist es ebenso kalt und düster. Der Hof ist voller Frauen. Auf der einen Seite binden einige von ihnen die Beine der kleinen Mädchen zusammen, die aussehen wie Skelette oder eingeschnürte Mumien, während auf der anderen Seite des Hofes Matten und Teppiche ausgebreitet werden. Immer mehr Frauen treffen ein. Sie bringen Geschenke: Datteln, Parfüm und Weihrauch.

Auf der glühenden Kohle pfeifen Kaffee- und Teekannen. Zwei der Mädchen beginnen erneut zu schreien. Wie lange noch muß dieses Leid ertragen werden? Wird sie selbst die Kraft dafür aufbringen? Sie bricht in einer Ecke des Innenhofes zusammen. Eine der Frauen bringt ihr Tee, in den sie Orangenblütenwasser träufelt. Wie liebte sie sonst diesen Duft und die anderen Getränke wie Kaffee mit dem eigenartigen Aroma des Kardamom. Doch heute überkommt sie ein unüberwindlicher Ekel, der sie nicht verlassen will. Sie schleppt sich gebeugt bis in ihr Zimmer, schluckt ein Schlafmittel und stopft sich die Ohren mit Watte zu, um die Schreie nicht mehr mitanhören zu müssen.

Das kleine Kind erwacht aus einem tiefen Schlaf
Es läuft durch den Sand
Es läuft die Straße zum Fluß entlang
Es nähert sich den großen säuerlichen Pflanzen

Es betrachtet die farbigen Felsen
Und der Fluß betrachtet das Kind
Und das Kind nähert sich ihm staunend
Es streckt seine Arme weit zum Ufer hin aus
Es ruft es ruft aus vollem Hals
Ein Boot zeichnet sich am Horizont ab
Im Innern des Bootes befindet sich eine Kiste
Und das Kind schreit und winkt mit den Armen
Das Boot bewegt sich auf dem Wasser fort
Das Kind läuft auf den Fluß
Auf das Boot
Auf das Meer zu
Und der Drache bemerkt es vom Grund des Flusses aus
Und der Drache, voller Wut auf die Frau und das Kind
Steigt mit geballter Kraft zur Wasseroberfläche auf
Und verschlingt das Kind mit einem Schluck
Und gesättigt und befriedigt schwimmt der Drache zum Meer
Er wird sich auf die goldenen Strände legen
Und seinen langen schlangenartigen Schwanz schwingen
Dessen Schuppen in der Sonne glänzen.

Als E. am nächsten Morgen erwacht, fühlt sie sich schwach und spürt einen bitteren und säuerlichen Geschmack im Mund. Sie legt die Hände auf ihren Bauch. Das Kind hat sich bewegt. Sie versucht aufzustehen, fällt jedoch kraftlos auf die Matte zurück. Wo ist er, der ihr helfen müßte? Er, der sie tragen und ihr dann, wenn ihr die Beine den Dienst versagen, aufhelfen müßte? Sie blickt durch die halbgeöffnete Tür in das flutende Licht der Sonne. Er wird nicht zurückkommen. Nicht bevor das Kind geboren ist. Und das Kind soll lieber nicht geboren werden! Und vielleicht wird er nie mehr wiederkommen.

Einen neuen Menschen schaffen
Einen Menschen, der zärtlich ist, ohne Kalkül
Einen Menschen, dessen Wissen nicht mehr auf die Kräfte der Zer-

störung und der Macht baut, sondern auf die Kräfte der Liebe und der Großherzigkeit. Ihn langsam und still weben, mit viel Geduld und dem Willen, seine zerstörende Gewalt zu besiegen
Damit das Bessere in ihm zum Ausdruck kommt.

Einen Baum-Menschen, einen Wurzel-Menschen
Einen Zeder-Menschen, einen Ast-Menschen
Einen Nest-Menschen, einen Vogel-Menschen
Einen Menschen der wiedergefundenen Welten.

Libanon, von diesem neuen Menschen wiedererschaffen
Libanon, der seine uralten Zweige neu entfaltet und die Welt ernährt
Libanon der Säfte und Früchte
Libanon der wiedergefundenen Sternennächte
Libanon der wiederbewaldeten Berge
Libanon der geläuterten heiseren Stimmen
Libanon des auferstandenen Kindes
Baum-Libanon, Kind-Libanon
Libanon der Samenkörner und der Gärten

Sie schleppt sich durch den leeren Hof. Es gibt dort nichts als Sonne, überall Sonne, auf Steinen und Sand. Hier und da summen Fliegen auf den übriggebliebenen Blutspuren. Sie stürzen sich auf ihr noch vom Vortag beschmutztes Kleid und den Schleier. E. faßt sich an die Stirn. Unter dem Schleier und der Maske vermag sie kaum zu atmen. Ein kleines, noch nicht beschnittenes Mädchen nähert sich ihr lächelnd. Es reicht ihr Datteln. E. lehnt ab. Sie streichelt den Kopf des kleinen Mädchens, das sie mit großen fragenden Augen anschaut. Sie nimmt es an der Hand und geht auf eine der Türen zu, die ins Innere eines Hauses führen. Das Zimmer, das sie betreten, ist einladend schattig und kühl. Darin finden sie eines der beschnittenen Mädchen, das mit zusammengebundenen Beinen auf einer Matte liegt. Es zittert. Sein Mund ist vom Schmerz krampfhaft verzogen. Es bewegt seine hennagefärbten Hände nervös über dem Kopf. Es atmet und zittert stoßweise. E. nähert sich dem Kind und streicht ihm über Kopf und Hände, um es zu ermutigen. Es ist das kleine Mädchen, das sie gestern angesehen hatte. Es hat diesen traurigen und resignierten Blick, in dem von Zeit zu Zeit ein Funke des Widerstands aufblitzt, der schnell wieder erlischt, während sich der auffallende Mund verzerrt.

E. setzt sich mit den anderen Frauen auf den Boden. Sie trinken Kaffee und essen Datteln. Für sie scheint alles normal zu sein: Die beschnittenen Mädchen, der durch das Opfer der verstümmelten Geschlechtsteile beruhigte Fluß, das im Hof geflossene und immer noch strömende Blut, die Wunden, die heilen werden, um das weibliche Geschlechtsteil zu verschließen, das man in der Hochzeitsnacht zweimal gewalttätig mit einem Messer öffnen wird, wie man ihr geschildert hat. Aber haben die Frauen diese Bräuche innerlich wirklich akzeptiert? Sie leiden doch. Das Leid ist in ihren Blicken zu lesen, besonders in denen der jüngeren Frauen. E. nähert sich einer von ihnen, um mit ihr zu sprechen, um zu verstehen, um den Schleier zu lüften.

„Bist du gestern bei der Beschneidung dabeigewesen?"

„Ja, ich habe dich gesehen. Du bist auf dein Zimmer zurückgegangen. Hast du dich nicht wohlgefühlt?"

„Nein, ich kann kein Blut sehen und verstehe diesen Eingriff nicht. Warum? Warum müssen die Mädchen beschnitten werden?"

„Das ist hier so Brauch. Die Männer würden sie sonst niemals heiraten. Wenn sie nicht beschnitten wären, würden sie nicht akzeptiert werden. Du darfst nicht daran denken. Sei nicht traurig!"

Die junge Frau betrachtet sie mitleidig. In ihren Augen spiegeln sich Erstaunen und unerträgliche Traurigkeit. Hier gibt es nicht die geringste Spur von Auflehnung wie etwa bei der Ägypterin auf dem Schiff.

Eine der älteren Frauen aus der Gruppe, die dem Gespräch zugehört hat, kommt auf sie zu. Sie wiederholt die obszöne Geste des Herausschneidens der Klitoris und lacht sadistisch: „Es muß so sein, meine Kleine. Es muß so sein. Gott hat es so befohlen. Man muß rein sein. Die Beschneidung bedeutet Reinigung." Sie streckt die Arme zum Himmel, zu Allah aus und fügt hinzu: „Unser ganzes Leben ist für uns Frauen nichts als Leiden. Gott hat es so gewollt."

Khatin, Tahara
Schneidet, aber schneidet nicht zu viel
Schneidet, schneidet, schneidet
Aber
Nicht
Zu viel
Dann verschließt, damit Gott schließlich alles zusammenschweißt
Dann schneidet wieder neu, schneidet, schneidet
Allah will es so
Beschnitten
Einmal
Zweimal
Dreimal
Khatin, Tahara, Khatin

Es hagelt Schläge. Wie in ihrer Kindheit fühlt sie die Schläge niederprasseln. Sie hat ja schon einmal aufbegehrt, hat ja schon einmal geschrien. Sie ist ja bereits einmal geflohen, im Glauben, die Probleme ihrer Kindheit lösen zu können, in der Meinung, etwas Besserem entgegenzugehen: einem Ziel, gemeinsam mit einem Mann, der sich von den anderen unterscheidet. Voller Hoffnung hat sie Meer und Wüste durchquert. Sie hat die Wüste gefunden. Sie hat den Fluß, das Land der Datteln und Palmen gefunden. Aber er? Was sucht er? Wo ist er? Wo ist die Kiste, die sie gemeinsam finden wollten? Die Zeit vergeht und das Leben schließt sich immer enger um sie zusammen. Es gibt keinen Horizont mehr. Nichts als eine große Sperre, dort, im Hohlraum ihres Magens, eine Barriere, die sie am Atmen hindert. Sich gegen Gott auflehnen, um die Ketten, die die Frauen hier als gottgewollt begreifen, zu zerbrechen? Sich gegen den Mann auflehnen, gegen den Vater und gegen alle Väter, die die Vorschriften des Allmächtigen Vaters ausführen? Oder soll man sich vielmehr ihnen, Ihm nähern, versuchen, Ihn zu verstehen, und sehen, ob es nicht der Mensch ist, der Sein Bild entstellt hat? Sie hat sich bereits einmal aufgelehnt. Schon einmal hat sie die Meere überquert. Was bleibt nun zu tun? Sich immer wieder auflehnen? Und wie denn? Wohin sich wenden? Was tun? Und was bringt ihre Auflehnung, wenn nicht alle Frauen mit ihr aufbegehren? Erneut fällt ihr die junge Ägypterin auf dem Schiff ein. Ein Einzelfall? Wie viele andere gibt es noch? Wie mit allen Frauen gemeinsam eine Kette bilden, die alle anderen Ketten zu zerbrechen vermag? Und was ist mit den Männern, die ihnen mit Messern bewaffnet folgen, um sie niederzumetzeln? Und die dahinterstehende Gesellschaft, die die Brüder dazu antreibt, ihre Schwestern zu töten und die Ehre der Familie um jeden Preis zu retten? Sie ist all dieser Gedanken müde. Müßte sie nicht mit ihm sprechen, sobald er wiederkommt, falls er überhaupt zurückkommt? Die alte Frau aus der Gruppe nähert sich ihr erneut und hebt E.s Kleid hoch.

„Bist du eine Beschnittene, du Fremde? Wie wird es bei euch gemacht? Betest du Gott genauso an wie wir?“

Die Alte hat knochige, vom Henna rot-braun gefärbte Hände. Plötzlich sträubt sich alles in E. Sie reißt ihr Kleid aus den Händen der Alten und blickt auf die Versammlung. Hinter ihren Masken lächeln die Frauen. Alle nähern sich ihr mit ausgestreckten Händen, um ihr Kleid zu hochzuheben und selbst nachzusehen. E. wird von Panik ergriffen. Mit Entsetzen sieht sie die Frauen an, die ihr mit einem Mal wie ein tobendes Meer erscheinen, wie eine Welle, die sie verschlingen und ertränken will und den zwischen ihnen und ihr bestehenden Unterschied auslöschen wird. Mit klopfendem Herzen, feuchtkalten Händen und verzerrtem Gesicht hinter der erstickenden Gesichtsmaske weicht sie zur Tür zurück. Sie hat gerade noch Zeit, hinauszulaufen und in ihr Zimmer zu fliehen, dessen Tür sie mit einem Stuhl und einem Tisch verbarrikadiert. Ihr Herz schlägt wild. Wie kann sie sich vor diesen auf Blut und blutige Geschlechtsteile versessenen Frauen schützen? Sie hat Angst. Was tun? Wohin gehen? Warum diese Wut über ihr Anderssein? Ihr Bauch schmerzt. Ihr Fleisch schreit.

Sie blickt sich um. Wie fliehen? Und auf welchem Weg? Dort hinten gibt es ein Fenster. Doch wird sie in der Lage sein, dort hinaufzusteigen und schließlich auch auf die Mauer zu klettern, die das Dorf umschließt? Sie schwankt. Wird sie die Kraft haben fortzugehen? Und wohin denn?

Dem Lauf des Flusses folgen
Das Meer wiederfinden
Auf Dünen und Berge klettern
Das kleine Kind zum Boot führen
Ihm die Möglichkeiten eines anderen Lebens geben
Ihm den von der Sonne erhellten Horizont zeigen
Und das Blut aus dem Fluß holen
Und die Leichen aus dem Meer
Die Wüste bepflanzen und begießen
Bis aus den Wurzeln, den Zweigen und
Blättern eine neue Frau
Und ein neuer Mann erwachsen
Die die Welt verändern werden.

Draußen haben sich die Frauen beruhigt. Man hört nur noch das Schluchzen einer am Vorabend Beschnittenen. Wie alle Wüstennächte bricht diese Nacht plötzlich herein und kühlt die Luft rasch ab. Da klopft es an ihrer Tür.

„Wer ist da?“ fragt sie.

„Öffne, öffne!“ schreit P. „Was verbarrikadierst du dich neuerdings?“

Zitternd nähert sie sich der Tür und öffnet sie einen Spalt breit. Mit Gewalt stemmt er sich dagegen. Nun steht er vor ihr, doch sie erkennt ihn fast nicht wieder, so sehr hat er sich verändert. Er ist dikker geworden und sein Gesicht ist aufgedunsen. Er gibt sich wie ein Mann, der sich wichtig nimmt.

„Warum schließt du dich ein?“

Sie muß mit ihm sprechen. Sie muß ihm ihre Enttäuschungen und Ängste entgegenschreien. Sie muß versuchen, ihm alles zu erklären.

„Hör zu, ich kann nicht mehr weiter. Ich erkenne dich nicht wieder. Was ist aus unserem Traum geworden? Wo ist all das geblieben, was wir gemeinsam verwirklichen wollten, als wir noch, Mund an Mund, im Sand meines Landes am Strand lagen und du mir versprachst, daß wir, du und ich, gemeinsam eine neue Welt bauen würden?"

„Und was willst du, daß ich tun soll? Daß ich mich mit dir zeige wie ein Europäer? Dein Platz ist hier unter den Frauen. Hier hast du zu arbeiten. Ich arbeite mit anderen Männern in der Stadt. Dort versuche ich, die Lebensbedingungen meines Volkes zu verbessern."

„Aber siehst du nicht, was aus dir geworden ist? Sieh dich doch an. Und weißt du, was die Frauen dieses Landes mit ihresgleichen machen? Sie verstümmeln sie, beschneiden sie. Sie reißen ihnen ihre sensibelsten, ihre kostbarsten, wichtigsten Geschlechtsteile heraus."

Er grinst: „Das ist hier Tradition. Du hättest nicht mit hierher kommen sollen, wenn du so verweichlicht bist."

„Tradition, Tradition. Sind wir denn nicht hierher gekommen, um die Traditionen zu durchbrechen, damit die Frau Seite an Seite mit dem Mann wachsen kann? Müßten wir nicht ein anderes Bild eines Paares abgeben?"

„Ehepaar? Das ist ein abendländischer Begriff. Für das Ehepaar gibt es in der arabischen Welt keinen Platz. Wann wirst du endlich verstehen, daß die arabische Welt der Islam und der Islam die arabische Welt ist?"

„Nein, nein und nochmals nein. Ich bin Christin und Araberin, Araberin und Christin. Zudem bin ich auch noch eine Frau und insbesondere eine Frau, die leben will. Und ich will, daß wir beide anders sind, daß wir ein Beispiel geben. Hör zu, hör mir gut zu: Willst du denn nicht, daß du und ich, daß wir gemeinsam die Zauberkiste deiner Kindheit wiederfinden?"

Sie ist dicht an ihn herangetreten und ihr Körper, ihr Blick, ihre Hände und ihre Haut versuchen, ihm Zärtlichkeit und den Wunsch nach Verständigung mitzuteilen. Er betrachtet sie einen Moment lang mit starrem, mürrischem Blick. Bei der Erwähnung des Kastens ist er zusammengezuckt und sein Blick hat sich erhellt wie früher. Einen Augenblick lang glaubt sie, den wunden Punkt berührt zu haben, die Saite angeschlagen zu haben, die es ihnen ermöglichen wird, neu zu beginnen, sich wieder zu finden und die Dinge um sie herum zu verändern. Sie rückt noch näher an ihn heran und legt ihre Hände auf seine Schultern. Vorsichtig streicht sie ihm über den Rücken, wie um ihn zu beruhigen, ihn zu wiegen, ihn zu rühren und ihn wieder in den zu verwandeln, der er vor seiner Klasse von palästinensischen Kindern war, als er die Geschichte erzählte, die in den Augen der Kinder Flammen der Hoffnung aufleuchten ließ, und als er mit seinem leidenschaftlichen Blick ihre Liebe geweckt hat. Aber seine Muskeln spannen sich unter ihren Fingern und sein Körper erscheint ihr wie ein Paket aus Eisenknoten. Seine Stirn zieht sich zusammen und legt sich in Falten. Auf seinen Schläfen zeigen sich Schweißperlen, die ihm die dicker gewordenen Wangen herablaufen. Sein nach Alkohol riechender Atem geht in schweren Stößen, und die Worte, die er ihr ins Gesicht wirft, treffen sie hart. Sie weicht in eine Ecke des Zimmers zurück, wo sie sich plötzlich erneut von Verzweiflung übermannt fühlt.

Höhnisch antwortet er: „Die Kiste meiner Kindheit! Wie konntest du diese Geschichte nur glauben? Du bist wirklich naiv. Wann wirst du endlich verstehen, daß die Welt sich nicht aus Träumen und Illusionen, sondern nur mit Fakten, Zahlen und mit Geld neu erschaffen läßt."

„Nein, nein, du täuschst dich. Die schönsten, wunderbarsten und wirklichsten Welten werden dank der Träume und Visionen geschaffen. Ich lehne deine Theorien ab und ich wehre mich gegen diese Einkerkerung. Wenn du mir meine Freiheit nicht zurückgibst, werde ich sie mir selbst nehmen! Du wirst mich nie wiedersehen!"

Sie bietet ihm die Stirn, wie sie es schon seit langem hätte tun sollen; wie sie es schon damals in ihrer Kindheit Vater gegenüber hätte tun sollen. Schon damals hätte sie sich behaupten sollen. Aber es ist noch nicht zu spät. Jetzt muß sie sich endgültig erheben und beweisen, daß sie existiert. Die Frauen um sie herum und alle Frauen der Welt sollen ihre Stimme vernehmen. Alle Frauen, die warten, die vielleicht auf sie hören und ihren Worten folgen werden, die in Bewegung geraten und vielleicht aufbegehren werden.

Aber sie ist zu weit gegangen. P. betrachtet sie voller Haß und Wut, ganz im Bewußtsein seiner Kraft, Überlegenheit und Gewalt, und seiner Werte sicher. Er schwenkt einen Stuhl in ihre Richtung und bewegt sich wütend auf sie zu. Ihr Herz schlägt wild. Wird er sie töten? Wird sie in einigen Minuten nichts mehr zu befürchten haben? Wird sie, zerdrückt und vernichtet, die Schwelle des Todes überschritten haben, werden ihr Leiden und ihre Verzweiflung, ihre Kämpfe und ihre Auflehnung beendet sein?

Aber er läßt den Stuhl wieder fallen. Seine blutunterlaufenen Augen trüben sich. Er schimpft aufs neue und fällt schließlich wie eine leblose Masse aufs Bett. Sie betrachtet diesen Mann, dem sie im Glauben an einen gemeinsamen Gang zum Licht gefolgt ist.

Eine unförmige sehnige Masse
So schwenkt der Mann seinen Dolch
Schärft seine Messer unter den Lichtern der Stadt
Läßt die Klinge der Morgen blitzen
Er tritt auf die halbgeöffneten Blumen der schweigenden Wüsten
Er bildet sich ein, die verschleierte Frau zu verstehen
Weil er sie in sein Haus gebracht hat
Weil er die Türen verschlossen
Weil er die Gärten ummauert hat
Und wenn eine Frau sich erhebt
Schlägt er sie
Und wenn eine Frau spricht
Vernagelt er ihr den Mund
Und wenn eine Frau ihn anblickt
Flieht er
Und wird von der Stadt verschlungen

Wenn ihr einen Dienst
Von den Frauen des Propheten erbittet

Tut dies verschleiert
So daß ihr die Reinheit ihrer und eurer Herzen bewahrt...

Oh Prophet!
Sag deinen Frauen und deinen Töchtern
Und den Frauen der Gläubigen
Daß sie sich mit ihren Schleiern bedecken sollen:
Dies ist für sie die beste Art
Sich bekannt zu machen
Ohne dabei beleidigt zu werden.
Gott ist es, der verzeiht
Er ist barmherzig.

E. hat sich in eine Ecke gesetzt. Sie weint, zuerst leise, dann immer lauter. Sie weint über ihre Machtlosigkeit und Schwäche, über ihre Unfähigkeit, ihm mitzuteilen, was ihr gesamter Körper, ihr Fleisch, ihre Zärtlichkeit und ihre Liebe ihm vermitteln wollen. Plötzlich fühlt sie eine Hand auf ihrem Kopf. Es ist das kleine Mädchen, das ihr am Morgen von Fliegen bedeckte Datteln angeboten hatte. Sie betrachtet es durch ihren Tränenschleier hindurch. Es ist das kleine Mädchen der Hoffnung, das sie zärtlich anblickt und aus dessen Augen die Sanftheit und Frische der Kindheit sprechen.

„Ich muß aufbrechen“, sagt sie zu dem Kind.

„Wohin gehst du?“ fragt das kleine Mädchen.

„Zum Fluß, in Richtung Meer.“

Das kleine Mädchen lächelt sie an und stimmt mit einem Kopfnicken zu.

„Ich komme sofort wieder“, sagt es übermütig.

E. sucht schnell einige Dinge zusammen, die sie in einen großen roten Schal wickelt: ihren Goldschmuck, Armreifen, Ohrringe in Zweigform, eine Brosche, die einen Vogel darstellt, Anhänger, Ketten und Ringe, sowie einige der ihr wichtigsten Bücher: *Der sechste Tag, Rückkehr ins Land, Sonne und Erde, Die Verdammten, Die Statue, Arabien, Nofretete und der Traum, Die dritte Stimme, Das verlorene Lied,*

Der befreite Schlaf. Dazu steckt sie außerdem Papiere und ein Adreßbuch.

Das kleine Mädchen kehrt, ebenfalls beladen mit einem Korb voller Datteln und Bananen zurück. In einer Ecke des Korbes liegt eine Metalldose.

„Das ist Halwa", erklärt es und zeigt auf die Dose.

E. lächelt erfreut über diese Idee.

„Komm", sagt sie, „wir müssen noch vor dem Morgengrauen aufbrechen."

Sie betrachtet den schlafenden und mit geöffnetem Mund schnarchenden Mann.

„Komm", wiederholt sie, „laß uns gehen."

Sie durchqueren den leeren und finsteren Hof. Jetzt gibt es dort keine Fliegen mehr. Von Zeit zu Zeit nähert sich ihnen eine summende Mücke. Das kleine Mädchen drückt vertrauensvoll E.s Hand. In der Ferne kräht ein Hahn. Der Morgen bricht bereits an. Die Wüstennacht ist kühl. Schweigend und gedämpften Schrittes laufen sie durch den Hof. Sie öffnen die glücklicherweise unverschlossene Tür der Mauer, die den Hof umgibt. Wenn nur auch die Tür der Mauer, die Dorf und Häuser umgibt, geöffnet ist! E.s Herz schlägt laut. Die Tür hat etwas geknarrt, und sie blickt sich nach allen Seiten hin um. Aber der Hof ist düster und stumm. Die Bäume zittern im Wind. Die zweite Tür ist verriegelt. Sie ist schmiedeeisern und mit islamischen Motiven verziert.

„Wir müssen hier hinaufklettern", sagt sie zu dem kleinen Mädchen. „Steig du zuerst hinauf."

Das kleine Mädchen ist sehr gelenkig. Es hat seinen Korb am Fuß der Mauer abgestellt und klettert wie ein junger Affe daran hoch. Eine Schlange hat ihr Loch verlassen und nähert sich dem Korb. E. zittert. Es wird Morgen, und der Hahn kräht bereits zum zweiten Mal. Sie müssen sich beeilen. Die Frauen werden nach und nach aus ihren Häusern kommen. Die Schlange windet sich an der Mauer entlang und kriecht im Hof umher. E. hält dem kleinen Mädchen, das nun rittlings auf der Mauer sitzt, den Korb und den gefüllten Schal hin. Auch sie beginnt nun zu klettern, wobei ihr die islamischen Verzierungen als Stufen dienen. Aber ihr fehlen Kraft und Jugend des kleinen Mädchens, und ihr langes Kleid und der lange Schleier behindern sie. Das Kind, das sie in ihrem Bauch trägt, wiegt schwer, und sie fürchtet abzurutschen. Wir werden es schaffen, ermutigt sie sich selbst. Wir werden es schaffen. Wir müssen den Fluß erreichen. Das kleine Mädchen muß das Meer sehen. Sie klammert sich an die Verzierungen und zieht sich langsam an der Tür hinauf. Das kleine Mädchen lächelt ihr zu und streckt ihr die Hand entgegen. Nun ist auch E. auf der Mauer angelangt und sie betrachten gemeinsam die Schlange, die aus dem Becken in der Mitte des Hofes trinkt. Als der Hahn zum dritten Mal kräht, dringen die ersten Geräusche aus einigen Häusern.

„Wir müssen uns beeilen", sagt sie zu dem kleinen Mädchen. „Steig langsam hinunter, dann reiche ich dir Schal und Korb."

„Nein, du zuerst", antwortet das Kind. Es sieht, daß E. sich auf der Mauer kaum im Gleichgewicht halten kann.

„Du zuerst, steig langsam hinunter. Es ist nicht schwierig, denn unten ist Sand. Selbst wenn du fallen solltest, wirst du dir nicht wehtun. Ich halte die Sachen fest. Steig nur hinab."

Das kleine Mädchen gibt den Ton an. Es hat die Dinge in die Hand genommen, als ob es ahnte, daß E. nur mit seiner Hilfe, dank seiner Entschlossenheit und seinem Mut, ihr Ziel erreichen wird.

Es ist das kleine Mädchen der Hoffnung
Das lächelnd Kraft und Zärtlichkeit vermittelt
Das kleine Mädchen von Datteln und Halwa
Weit weg von Gewehren und Todesmaschinen
Das kleine Mädchen von Wüste und Palmen
Es bedeutet Sonne und Licht
Das kleine Mädchen des blühenden Baumes und des singenden Vogels

E. läßt sich langsam an der Tür hinuntergleiten. Ihr Kleid und ihr

Schleier aus leichtem Stoff bleiben an den islamischen Verzierungen hängen. Aus Furcht, daß sie zerreißen könnten, steigt sie sehr vorsichtig herunter. Ihre Hände sind wund und lilafarben, ihr Gesicht vor Angst gespannt. Das kleine Mädchen spricht ihr erneut Mut zu.

„Du bist fast unten. Laß dich jetzt fallen. Unten ist Sand. Du wirst dir nicht wehtun."

E. sackt im Sand zusammen. Kleid und Schleier sind an mehreren Stellen zerrissen. Sie blickt nach oben. Das kleine Mädchen hält ihr Korb und Tuch entgegen. Sie hat keine Zeit, es aufzufangen. Schon ist das Kind neben ihr im Sand.

„Wir müssen uns beeilen", sagt es, „wir müssen laufen. Ich glaube, eine Frau hat mich gesehen."

Sie halten sich bei der Hand und laufen, sie laufen durch den Sand, über Dünen, im noch von der Frische der Nacht kühlen und vom Morgentau feuchten Sand. Das kleine Mädchen scheint den Weg zum Fluß zu kennen. Es führt sie. Es gibt den Ton an und zeigt ihr den Weg. Instinktiv läuft es in Richtung Sonne und Fluß. E. läßt sich führen. Am Horizont leuchtet der Himmel rot. Mit dem Anbruch des Tages kriecht die Hitze aus Steinen und Baumstämmen hervor. Aus der Erde steigt ein feuchter Dunst auf, steigt höher und entweicht schließlich. E. fühlt sich schwerfällig und schnappt nach Luft. Sie vermag kaum, dem kleinen Mädchen, das wie eine Gazelle springt, zu folgen.

„Wir sind bald da", sagt es. „Ich sehe den Fluß. Ich sehe die Sonne."

„Wie heißt du eigentlich?" fragt E. „Du hast mir noch nicht deinen Namen gesagt."

„Ich heiße Nour", sagt das kleine Mädchen.

„Nour, mein Licht, meine Sonne, du bist mein Leben", sagt E. und umarmt das kleine Mädchen. „Komm, wir bleiben einen Augenblick hier und essen einige Datteln. Wir müssen wieder zu Kräften kommen, denn ein langer Tag erwartet uns."

Sie sitzen im Sand. Nour öffnet die Metalldose.

„Es ist das Halwa vom Fest der Beschneidung", erklärt sie. „Meine

Schwester hat mehrere von diesen Dosen bekommen. Meine Mutter hatte sie versteckt, aber ich wußte, wo sie waren. Nimm!" sagt sie und hält E. ein knuspriges, nach Honig und Orangenblüten schmeckendes Stück hin, das ihr sofort im Gaumen zergeht.

„Welch eine gute Idee von dir", sagt E. „Das ist eine Himmelsnahrung."

„Es ist auch Vogelfutter", sagt Nour. „Schau!"

Und sie zeigt auf einige Krümel. Ein roter Paradiesvogel pickt an den Resten eines Stückes Halwa.

„Er hat mir nicht aus der Hand gefressen. Schau. Er hat nur die Krümel genommen."

Und Nour leckt sich die von Zucker und Sesamöl klebrigen Finger ab.

„Wir müssen ein Boot finden, das uns bis zur Stadt bringt", sagt E. „Ein Boot, das uns bis zu dem großen Schiff mitnimmt, auf dem du bis zum Meer fahren und schließlich das Meer überqueren wirst."

„Und du?" fragt Nour.

„Ich begleite dich bis zum Meer, bis du sicher auf dem großen Schiff bist, das dich in ein bestimmtes Land bringen wird, von dem ich dir noch erzählen werde. Aber ich muß hierher zurückgehen. Der Fluß und die Wüste erwarten mich."

Nour sagt nichts. Plötzlich hat ihr Gesicht einen Ausdruck von Niedergeschlagenheit und Traurigkeit angenommen, gleich einer Blume, die sich im Sand beugt. Ihr Gesicht gleicht mit einem Mal dem ihrer beschnittenen Schwester, und es schiebt sich wie ein Schleier zwischen die beiden Frauen, die jetzt schweigen. Sie betrachten den in der Ferne glänzenden Fluß. Der rote Paradiesvogel ist in Richtung Meer davongeflogen. Nour schließt die Dose und legt sie in den Korb zurück.

„Wird es dort Datteln geben, in dem Land, in das ich gehen muß?"

„Nein, dort gibt es keine Datteln, aber Berge mit hohen Gipfeln im ewigen Schnee und Eis, das niemals schmelzen wird. Es gibt dort kein Halwa, aber Schokolade, sehr gute Schokolade."

„Und gibt es dort Vögel?"

„Ja, viele Vögel und Bäume, die du nicht kennst, sehr schöne, immergrüne Bäume. ‚Tannenbäume‘ nennt man sie.“

Aber Nours Gesicht ist noch immer traurig. Sie erhebt sich brüsk, schüttelt die Krümel aus ihrem Kleid und nimmt E.s Hand. Sie gehen schweigend in Richtung des Flusses weiter. In der Ferne nehmen sie ein in der Morgensonne schimmerndes Boot wahr. Der Dunst über dem reglos und geheimnisvoll anmutenden Fluß verzieht sich. Das Boot nähert sich. Eine traurige und sehnsuchtsvolle Musik dringt in Bruchstücken zu ihnen hinüber. Es ist eine dieser Melodien aus ihrer Jugend, die sie an den Strandpromenaden ihres Landes gehört hatte, als sie noch Hand in Hand Zukunftspläne, Pläne der Hoffnung, schmiedeten und sich Passionsblumen und den Lebensbaum vorstellten, die die Welt erneuern sollten. Immer deutlicher nehmen sie die Melodie wahr. Rudernd singt der Schiffer:

Frau der Sonne
Geh zu deinem Geliebten aus Früchten und Wurzeln zurück
Er wartet dort, wo die Sonne niemals untergeht
Frau der Sonne
Lauf dem purpurfarbenen Meereshorizont entgegen
Schreib deinen Namen in den Sand
Klammere dich an die Flügel des Firmaments
Frau der Sonne
Bahne deinen Weg durch die Wüste
Folge der Schwalbe, die zum Licht fliegt
Und finde die Stimme des Windes wieder
Frau der Sonne,
Frau der Träume

Das Boot ist nun ganz in ihrer Nähe und E. wendet sich an den Schiffer: „Wir wollen zur Stadt V. Kannst du uns dort hinbringen?“

Sie holt mehrere Armreifen und die fischförmige Brosche hervor. Der Schmuck blitzt in der bereits aufgegangenen Sonne. Der Schiffer nimmt mit einer fast religiösen Feierlichkeit die Gabe entgegen und bedeutet ihnen, einzusteigen. Er hilft ihnen auf das Boot. Nour scheint ihren anfänglichen Schwung verloren zu haben und klammert sich zitternd an E.

„Komm, meine Sonne“, sagt E. zu ihr. „Du bist müde. Leg dich in meinen Armen schlafen, bis wir zum nächsten Schiff in die Stadt kommen. Schlafe, mein Leben, mein Herz. Du brauchst viel Kraft und viel Mut und Ausdauer, um ans Ziel zu gelangen.“

Sie hat das Mädchen in ihren Schleier gewickelt und sich in einer Ecke des Bootes niedergelassen, wo sie es streichelt und wiegt. Der Schiffer hat seine Ruder und sein Lied wieder aufgenommen:

Sie war geboren für die Sterne
Für den Atem, der sie durchströmt
Sie war geboren für die Reise über die Erde, durch Himmel und Meere
Sie blieb zurück, einsam und gebrochen
Sie wußte nicht wohin
Sie ist bis zum Meer gegangen
Und das Meer hat sie aufgenommen

Sie war geboren, sich zu öffnen
Um die Früchte der Zeit zu empfangen
Sie war geboren, sich aufzuschwingen
Dem Horizont, der Ernte, den Liedern entgegen
Sie ist geblieben, einsam und gebrochen
Sie wußte nicht, wohin
Sie ist bis zum Fluß gegangen
Und der Fluß hat sie aufgenommen

E. betrachtet die grünlichen Spiegelungen, die die Sonne golden und silbern besprenkelt. Welche Kraft und welcher Friede! Welche Ruhe an diesen selbstversunkenen Ufern und in dieser von der Sonne bewegten Welt! Nach und nach zeichnet sich die Stadt in der Ferne ab, eine rosa-gelb-graue, von Palmen und Minaretten umrahmte Wüstenstadt. Alles ist voller Symbole. Eine Stadt des Schweigens und der Kontemplation. Feuchtigkeit und Staub umgeben sie wie ein Heiligenschein. Stadt an der Flußmündung, im Delta; Stadt am sich öffnenden Dreieck, sich danach sehnend, den Schleier zu heben. Stadt der reifenden Früchte und der alles in ihr Licht tauchenden Sonne. Wie weit sie doch entfernt sind: ihre Stadt und die abgeernteten Bananenstauden, die verdorrten Datteln, das brennende Blut der Reben und des Korns, das schreiende verletzte Kind und die getötete Mutter.

„Dort liegt der große Hafen", sagt der Schiffer, indem er auf eine weiße Mole und eine ruhige, mit großen und kleinen, Kriegs- und Fischerbooten gefüllte Bucht in der Ferne weist.

„Sie müssen hier aussteigen", fährt er fort, „und die Straße rechts einschlagen. Sie führt am Kai und an den Märkten vorbei. Wenn Sie dem Fluß folgen, werden Sie hingelangen."

E. bedankt sich und nimmt Nour an die Hand. Diese nähert sich dem Schiffer und gibt ihm ihren Korb mit Bananen, Datteln und Halwa.

„Danke für deine Lieder", murmelt sie.

Der Schiffer lächelt, hilft ihnen beim Aussteigen, nimmt Ruder und Lied wieder auf und fährt in Richtung des Dorfes, in Richtung all dessen, vor dem sie geflohen sind, davon. Die Melodie ist traurig und sehnsuchtsvoll. Sie gleitet mit dem Boot über den grün-violett gefärbten Fluß. Die beiden Frauen lauschen der Musik, ergriffen von der Schönheit und Zauberkraft der Worte und des Klanges, wie hypnotisiert durch die Bewegung des sich entfernenden Bootes und des Liedes, das sie mit seinem lang anhaltenden Echo gefangennimmt:

Layla mit ihrer nachtfarbenen Haut
Layla mit ihren vom Regen gezeichneten Augen
Sie hat an verschlossene Türen geklopft
Sie hat vereiste Mauern durchbrochen
Sie hat in sich in ihrem Innern

einen sternbesetzten Weg gebahnt
Sie ist zum Wald gelaufen
und hat allen Vögeln Nahrung gebracht

Sie war geboren für die Sterne
Für den in ihr strömenden Atem
Sie war geboren für die Reise
über die Erde, durch Himmel und Meere
Sie blieb zurück, einsam und gebrochen
Sie wußte nicht, wohin
Sie ist bis zum Meer gegangen
Und...

Nour klammert sich zitternd an E. Sie laufen Hand in Hand durch die Straßen voller Händler, Geschäfte und Cafés mit ihrem Geruch nach Knoblauch, Öl, Fisch und Fett.

„Ich würde gern einen solchen großen Fisch essen", sagt Nour, indem sie auf eine ovale, köstlich aussehende, feinnervige und goldfarbene Scholle zeigt.

„Ja, ich verspreche es dir, mein Licht. Wir werden solch einen Fisch essen, wenn wir die Fahrkarte gekauft haben. Komm, laß uns keine Zeit verlieren."

Auf dem Markt sieht man kaum Frauen, denn hier besorgen die Männer die Einkäufe, und E. fürchtet aufzufallen. Nour wird von den Männern bereits mit obszöner Aufdringlichkeit angestarrt. Glücklicherweise ist sie selbst verschleiert und versteckt. Sie beschleunigt ihren Schritt, so daß der Schleier sich wie ein großer schwarzer Vogel aufbläht. Der salzige Meereswind peitscht ihnen ins Gesicht. Nour hat Mühe, ihr zu folgen.

„Wie schnell du läufst", sagt sie, „so schnell vermag ich nur im Sand zu laufen!"

„Das wirst du schnell lernen, mein Leben. Du wirst sehen, wie schnell du lernen wirst, auf Steinen zu laufen und sogar auf einer schnell rollendem Maschine, und eines Tages wirst du vielleicht einen großen Stahlvogel besteigen und zum Himmel fliegen. All das wirst du lernen, weil du Hoffnung und Licht bist."

„Oh ja, ich werde fliegen wie die Vögel", murmelt sie.

Sie haben den Hafen erreicht. Vor ihnen baut sich ein riesiger Passagierdampfer auf. Sein Name ist frisch mit grüner Farbe aufgemalt: „Esperia".

„Das ist unser Glück, unser Hoffnungsboot, das Boot des wiedergefundenen Lebens", sagt E.

Sie geht auf einen Verkaufsstand zu, an dem zwei Männer auf arabisch miteinander diskutieren. Sie zögert. Kann sie die Männer ansprechen? Instinktiv spürt sie die Gefahr, weicht zurück und geht zum Kai. Riesige Kräne hieven Kisten und Autos in die Höhe. Der Hafen liegt an der Mündung des Flusses ins Meer. Die Luft klebt an der Haut. Wie wird sie erreichen, daß Nour das Schiff besteigen darf? Sie blickt sich nach allen Seiten um. Hinter den Gittern warten die Leute, die das Schiff besteigen wollen. Sie sieht zwei Kinder, die auf Koffern sitzen. In der Hand halten sie einen Käfig voller Wellensittiche. Plötzlich taucht in der Menge eine Frau auf, die E.s Herz höher schlagen läßt. Eine Frau, die ihr schon einmal begegnet ist. Sie erkennt sie an der ungezwungenen Haltung, an ihrem zarten Körper, den braunen Haaren, dem traurigen Blick und dem aus Entschiedenheit und Sanftmut gemischten Stolz. Sie ist es.

„Alles ist bereit", hört E. sie zu den beiden Kindern sagen. „Wir können einsteigen, das Schiff fährt in drei Stunden ab."

„Ich habe Hunger", sagt der kleine Junge. „Du hast uns einen Fisch versprochen."

E. wendet sich ihnen zu: „Kann ich Sie zum Fischessen einladen? Meine kleine Tochter ist auch ganz begierig darauf."

Beim Klang der Stimme ist die Frau zusammengezuckt. Sie betrachtet die verschleierte und vermummte Frau, die sie angesprochen hat, und weicht erstaunt einen Schritt zurück. E. hebt ihre Gesichtsmaske und sieht sie an. Als ihre Blicke einander begegnen, geht eine Welt von Verständnis und Nähe zwischen den Frauen auf, die dieser Moment noch einmal zusammengebracht hat.

„Gehen wir“, sagt die Frau. „Laß uns einen ruhigen Ort finden, wo wir die Koffer überwachen und in Ruhe essen können.“

Nicht weit entfernt stoßen sie auf ein Café-Restaurant mit malvenfarbiger Fassade und einem Innenhof mit Tischen, Stühlen und Schatten und Frische spendenden Bäumen. In der Mitte des Innenhofes befindet sich ein Wasserbecken. Angezogen durch den Duft von Kaffee, Fisch und Geröstetem betreten sie den angenehmen Ort.

„Setz dich“, sagt die Frau zu E. „Der Baum wird dich schützen, so daß du deine Gesichtsmaske ablegen kannst. Die Kinder werden auf die Koffer achtgeben.“

E. zieht sich Maske und Schleier herunter. Sie atmet tief ein. Die Frau hat eine Schachtel Zigaretten hervorgeholt. Sie hält sie der zögernden E. hin. Seit ihrer Reise und ihrem Zusammentreffen mit der Fremden, der Ägypterin vom Schiff, hat sie nicht geraucht.

„Nimm, das Rauchen wird dich entspannen“, wendet sich die Frau an sie. „Du wirkst sehr bedrückt.“

Die beiden Frauen sind näher aneinandergerückt und rauchen schweigend. Sie betrachten einander verständnisvoll. Aus ihren vom Rauch der Zigaretten verschleierten Blicken spricht eine ganze Welt von Leiden, Unterdrückung, Schweigen, Unterwerfung und Selbstverleugnung, aber auch eine Welt der Auflehnung und des Willens, zu Leben und Freiheit aufzubrechen.

„Ich möchte eine Scholle“, sagt Nour, „den platten ovalen Fisch, den wir am Hafeneingang gesehen haben!“

„Ja, ich auch!“ ruft der kleine Junge. „Fritiert und mit Tomatensoße.“

Die beiden Frauen lachen über den Enthusiasmus der Kinder. Die Frau bestellt den Fisch. E. nimmt ihren Schal und hält ihn der Frau hin.

„Hier sind mein gesamter Schmuck, meine Papiere und mein Adreßbuch. Ich habe die Namen und Adressen der Personen unterstrichen, an die sich Nour wenden kann.“

„Mach dir keine Sorgen“, sagt die Frau, indem sie den Schal an sich nimmt und E.s Hände drückt. „Sie wird dort in Sicherheit sein.

Sie wird das Land erreichen, das du mir genannt hast. Sie wird das Meer überqueren und die Berge sehen. Wenigstens sie kann vielleicht leben."

Die Kinder plappern und essen lachend. E. betrachtet die Frau, die Kinder und das Meer. Sie vermag ihren Teller nicht zu leeren. Ein Druck schnürt ihr die Kehle zu und hindert sie am essen. Sie blickt auf das Schiff und die Passagiere, die über den Steg an Bord gehen. Wird sie es schaffen, ihren Weg zu Ende zu gehen? Und Nour, wird sie wirklich das Licht finden? Wie oft muß man das Meer überqueren, um endlich zu verstehen? fragt sie sich. Die Frau erhebt sich, nimmt ihre Handtasche und den Schal.

„Eßt in Ruhe zu Ende. Ich muß noch eine Fahrkarte kaufen. Wenn ich zurückkomme, müssen wir aufbrechen."

E. betrachtet diese Frau, die ihr gleicht. Diese Frau im Kostüm, die sich frei und unbelastet bewegt, die das Meer und die Wellen überqueren wird und die die Wüste verläßt, um zu den Bergen zu gelangen. Nour sieht, daß E. der Frau nachblickt, und sie sieht auch die Fragen und die Angst in ihren Augen. Eine plötzliche Traurigkeit verschleiert nun auch ihren Blick, aber sie lacht und spricht mit ihren neuen Freunden weiter, die von ihrem Charme begeistert zu sein scheinen. Plötzlich nimmt sie E.s Hand.

„Du kannst nicht mit uns kommen. Ich weiß, daß du nicht mitkommen kannst. Aber eines Tages komme ich mit dem großen Vogel, den du mir beschrieben hast, zurück und suche dich, mit diesem großen Vogel, der am Himmel fliegt."

E. lächelt sie an. Die Frau ist inzwischen mit der Fahrkarte zurückgekommen. Das Schiff wird bald auslaufen. Die Frau zeigt E. das Tuch, in dem einige Armreifen, die Brosche und die Ohrringe funkeln.

„Es sind noch einige Schmuckstücke für die Kleine übrig. Sie wird sie gut aufbewahren."

E. zieht sich Maske und Schleier über. Die Frau hat Träger herbeigerufen, die sich der Koffer annehmen. E. nimmt Nour in die Arme und streichelt sie. Zum Glück verbirgt die Maske ihre Tränen, und der Schleier verdeckt das Zucken ihrer Schultern. Nour schweigt. Ihr

Blick verliert sich in der Ferne. Die Frau drückt E.s Hand. Ihre Blicke treffen sich noch einmal zur gegenseitigen Ermutigung. Die Frau nimmt ihre Kinder an die Hand. Nour hat die Hand des kleinen Jungen ergriffen. E. sieht ihnen nach, wie sie sich entfernen und auf den Steg klettern. Sie wird nicht auf die Abfahrt des Schiffes warten. Schon sind die Gesichtszüge der anderen verwischt. Ihre Gesten und Zeichen erreichen sie von weit her wie durch einen dichten Nebel. Sie fühlt einen reißenden inneren Schmerz. Vergeblich versucht sie, die Tränen, die ihr bereits den Blick verschleiern, zurückzuhalten. Sie fürchtet aufzufallen. Wird sie es schaffen? Sie strafft sich, mutig und herausfordernd. Sie weiß, wohin sie gehen muß, und ihre Schritte führen sie wie von selbst dorthin, wo ihr Bild sie erwartet, wo ihre Gegenwart, ihre Vergangenheit und ihre Zukunft in einem Strudel, in einem sie rufenden Zentrum zusammenlaufen. Sicheren Schrittes betritt sie den Hafen. Sie ist nun ganz frei von Angst. Sie wird ihn finden, den Mittel- und Höhepunkt ihres Daseins, den Ort, auf den der Schiffer gewiesen hatte, als sie sich im Boot der Stadt genähert hatten. Von dort aus hatte er ihnen den Horizont, die in der Sonne flimmernde Stelle, gezeigt, wo der Fluß ins Meer mündet.

Sie schreitet sicher und aufrecht voran. Sie durchläuft den Fischmarkt, die von Passanten, Händlern und Kunden wimmelnden Gassen, die sie einige Stunden zuvor in entgegengesetzter Richtung mit Nour durchquert hatte. Die Welt hat sich für sie verdichtet. Die Sonne steht im Zenit und es ist sehr heiß. Bald wird alles Wüste und Stille sein, Zeit des Ausruhens. Diesmal wird sie von den Männern kaum beachtet und sie läuft erleichtert geradewegs ihrem Ziel entgegen.

Sie ist am Flußufer, nicht weit vom Meer, angelangt und hat ihr Spiegelbild im grünlich schimmernden Wasser betrachtet: das Bild, das sie schon so oft angeschaut und in dem sie den versteckten Ruf der Ströme und Wellen gelesen hatte. Ohne zu zögern ist sie in die Wellen, in ihr auf sie wartendes Spiegelbild, eingedrungen. Sie ist im Wasser vorangeschritten, bis es sich hinter ihr geschlossen hat. Sie ist zur Ruhe gegangen. Sie ist zum Schweigen gegangen.

Die Sirene hat ihre wehmütige Klage ausgestoßen. Die 'Esperia' verläßt den Kai und wird bald das Meer erreichen. Nour sieht, auf die Reling gestützt, zu, wie sich das Schiff vom Land entfernt und Wellen erzeugt, indem es das Wasser zerteilt. Ihre Haare fliegen im Wind. Die Frau hat sich zu ihr gesellt. Sie hat sich eine Zigarette angezündet und raucht, den Blick aufs Wasser gerichtet. Plötzlich verzerrt sich ihr Gesicht vor Traurigkeit, und sie wird von Schluchzern geschüttelt. Nervös wirft sie ihre eben angesteckte Zigarette ins Meer.

„Was hast du? Was ist mit dir?" fragt Nour.

„Nichts." sagt die Frau und zündet sich eine neue Zigarette an.

In der Ferne rudert ein Schiffer in die Richtung des Dorfes. Er singt ein trauriges Lied, dessen Echo über den Fluß bis zum Meer hin schallt. Nour erkennt das Lied wieder und auch sie beginnt nun ganz leise zu weinen.

Sie war geboren für die Sterne
Für den in ihr strömenden Atem
Sie war geboren für die Reise über die Erde,
durch Himmel und Meere
Sie blieb zurück, einsam und gebrochen
Sie wußte nicht, wohin
Sie ist bis zum Meer gegangen
Und das Meer hat sie aufgenommen

Layla, Layla aus dem zerstörten Lager
Layla, Layla aus dem ausgelöschten Lager
Geatmet hat sie unter den Trümmern
Aus Asche hat sie Blumen gezeichnet
In sich, in sich hat sie
Einen anderen Atem, ein anderes Leben gesucht
Hat ja gesagt zu ihrer Leidenschaft
Nein zu ihrem Verstand

Sie war geboren, sich zu öffnen
Um die Früchte der Zeit zu empfangen
Sie war geboren, sich aufzuschwingen
Dem Horizont, der Ernte, den Liedern entgegen
Sie ist geblieben, einsam und gebrochen
Sie wußte nicht, wohin
Sie ist bis zum Fluß gegangen
Und der Fluß hat sie aufgenommen

Layla, Layla, Vogel des Südens
Layla, Layla, Schmuck des Wassers
Hat einen Stein nach dem anderen gestreichelt
Hat dem Meer sein Leben zurückgegeben
Allein im Haus, hat sie einen Weg voller Bilder gebahnt
Am Abend ist sie allein gekommen
Und hat alle Hoffnungen neu belebt.

Nour ist auf der Schiffsbrücke zusammengebrochen. Die junge Frau nimmt sie in ihre Arme und trägt sie bis zur Kabine. Dort massiert sie sie und versucht, den regungslosen kleinen Körper wiederzubeleben. Sie benetzt sie mit kaltem Wasser. Aus der Ferne hört man noch immer das Echo des Liedes:

Sie hat geliebt, sie hat geschenkt
...
Sie war geboren für die Sterne
...
Sie war geboren für die Reise
...
Man hat sie zerbrochen und verstümmelt
Man hat sie verletzt und getötet
...
Sie ist bis zum Meer gegangen
Und das Meer hat sie aufgenommen

Nour öffnet die Augen und erblickt die junge Frau, die sie anlächelt.

„Du darfst dich nicht der Verzweiflung überlassen. Sie wäre enttäuscht gewesen, dich in diesem Zustand zu sehen, sie, die so sehr auf dich zählt, auf das Leben, das sie nicht leben konnte. Hier, trink etwas Wasser."

Der kleine Junge und das kleine Mädchen haben sich der Schlafkabine genähert und sehen zu, wie Nour trinkt. Ihr Körper bebt. Sie klappert mit den Zähnen. Die junge Frau hilft ihr, sich wieder hinzulegen, und wickelt sie in einen großen Schal.

„Kommt", sagt sie zu den Kindern, „sie soll sich ausruhen."

Sie begeben sich auf die Brücke, wo ihnen der salzige Meereswind ins Gesicht peitscht. Das Meer ist bewegt und weiße Gischtwellen brechen sich gewaltig am Rumpf des Schiffes. Am Horizont verschwindet soeben die rote Sonne. Die junge Frau friert und zündet sich eine Zigarette an. Sie muß sie mehrere Male anstecken, da der heftige Wind die Flamme immer wieder auslöscht.

„Ich habe Hunger", sagt der kleine Junge.

„Du hast immer Hunger", antwortet das kleine Mädchen.

„Kommt, laßt uns in den Speisesaal zurückgehen", schlägt die Frau vor. Noch einmal blickt sie voller Angst auf das Meer. Wie oft hat sie es schon überquert, immer begleitet von derselben Angst und der Frage, was sie am Ende der Reise erwartet. Der kleine Junge zieht sie an der Hand und damit weit von ihren Gedanken fort. Wie gut, daß sie da sind, sagt sie sich. Und wie gut, daß Nour fliehen konnte.

„Laßt uns zuerst nach Nour schauen", sagt sie zu den Kindern. Sie bewegen sich auf die Kabine zu, wo Nour zusammengekauert und in den Schal gewickelt auf dem Bett liegt. Von Zeit zu Zeit wird ihr Atem von einem Schluchzen oder Seufzen unterbrochen.

„Wir wollen sie schlafen lassen, morgen wird es ihr bereits besser gehen", sagt sie zu den Kindern.

Am nächsten Tag hat sich das Meer beruhigt. Die Kinder laufen lachend auf Deck herum. In der Ferne am Horizont sieht man nur Meer, unendliches Meer. In einer Ecke auf der Brücke hat sich die junge Frau mit Nour niedergelassen. Diese ist noch immer in den roten Schal eingewickelt. Das kleine Gesicht ist sehr blaß, große Schatten zeichnen sich unter den Augen ab. Sie scheint weit, sehr weit entfernt, wie im Unendlichen versunken zu sein. Die junge Frau hat sich eine Zigarette angezündet. Sie versucht, Nour aus ihrer Erstarrung zu reißen.

„Hast du sie gut gekannt?"

„Nein, sie war für alle ein Rätsel. Als sie ins Dorf kam, hatten alle schon auf sie gewartet. Seit Wochen und Tagen war ihr Kommen angekündigt worden. Alle warteten neugierig. Auch ich war neugierig. Und als ich sie sah, hat sich meine Neugier in Liebe verwandelt. Aus ihr strahlten solche Kraft und solche Güte. Sogar durch den Schleier und die Maske hindurch war ihre Schönheit spürbar..."

„Ja, sie hatte ein schönes Herz und einen schönen Körper, denn ich habe sie unverschleiert gesehen."

„Ah, du kanntest sie also?" stöhnte Nour. Die junge Frau zögerte und wartete einen Moment lang, bevor sie antwortete. Inzwischen hatte sie sich eine neue Zigarette angesteckt. Nervös zog sie den Rauch ein und war dabei ganz in ihre scheinbar schmerzhaften Gedanken vertieft.

„Ja, es war vor Jahren. Ich habe eine Reise mit ihr gemacht. Ich war aus meinem Land fortgelaufen. Ich war vor den erniedrigenden Sitten, die du sicher kennst, geflohen. Als wir uns sahen, waren wir uns sofort sympathisch. Sie erzählte mir, daß auch sie aus ihrem Land floh, das im Kriegszustand sei, und daß sie auch vor ihrer Familie fliehen wolle, die sie ersticke und ihr Werte aufzwinge, die sie nicht akzeptieren könne. Sie hatte sich mir anvertraut und sagte mir, sie wolle mit einem Mann in ein fernes Land ziehen, ein Land wie das, aus dem ich geflohen war."

Einen Augenblick hält die junge Frau inne. Bei der bedrückenden Erinnerung hat sich ihre Stirn in Falten gelegt.

„Ich hatte ihr gesagt... Ich hatte sie gebeten, nicht fortzugehen. Ich hatte ihr von dem Schrecklichen, vor dem ich floh, erzählt... Warum hat sie nicht auf mich gehört?"

Auch Nour ist im Gedanken an schmerzhafte Erinnerungen und an das, was vielleicht hätte verhindert werden können, schweigsam geworden. Sie blickt auf das Meer und auf die junge Frau, die seit Beginn ihres Gesprächs ohne Unterbrechung raucht.

„Und du, wie bist du da herausgekommen?"

„Oh, das ist eine lange Geschichte. Während ich mit ihr sprach, sah ich von weitem einen Mann, der jemanden zu suchen schien. Diese Person glich auffallend meinem Bruder. Ich hatte furchtbare Angst, denn ich wußte, daß mein Bruder, sofern er mir gefolgt war, mich finden und sicherlich töten würde. Also habe ich mich im Laderaum versteckt. Dort bin ich Tage und Nächte im Dunkeln geblieben und habe vor Angst gezittert. Als das Schiff die Anker warf, hörte ich, daß alle Passagiere ausstiegen, und wagte, hervorzukriechen und in der Menge davonzulaufen, immer rennend. Jedesmal, wenn ich jemanden traf, der meinem Bruder ähnlich sah, versteckte ich mich. Ich hatte große Angst. Ich hatte auch großen Hunger, da ich ja tage- und nächtelang nichts gegessen hatte. Aber ich hatte auch das Glück, aus einer wohlhabenden Familie zu kommen. Ich besaß Schmuck, den ich verkaufte, um essen, über die Grenze gehen und mich verstecken zu können. Doch die Angst, mein Bruder könnte meine Spur anhand des verkauften Schmuckes oder mit Hilfe des Spürsinns der Männer in meinem Land für alles, was die Ehre betrifft, ausfindig machen, begleitete mich ständig. Das ist eine lange Geschichte, die ich dir heute nur verkürzt erzähle. Ich habe die Grenze des Landes, in das wir nun fahren und in dem wir in einigen Tagen ankommen werden, überschritten. Wieder hatte ich Glück, denn ich fand Arbeit in einer Diplomatenfamilie, die wollte, daß ich ihren Kinder Arabischunterricht gab. Und dann habe ich einen Mann kennengelernt, der mich von meiner Vergangenheit befreit hat. Ich habe erlebt, ja, ich erlebe noch immer eine große Leidenschaft mit einem Mann, der mich achtet und der mir geholfen hat, mich als Frau, als ein vollwertiges Wesen, selbst zu bejahen. Meine Verletzungen gibt es noch immer, aber heute sind sie vernarbt. Und ich kann jetzt sogar ohne Angst und ohne Bitterkeit in mein Land zurückfahren. Doch es kommt von Zeit zu

Zeit vor, daß sich die Wunden öffnen, wie gestern, als ich sie wiedertraf, sie, der ich gern geholfen hätte. Sie verkörpert für mich alle die, denen ich helfen möchte, die Mauer der Scham und der Verzweiflung zu überwinden und den Schleier des Schweigens und des Vergessens zu zerreißen. Wie gut, daß du da bist! Ich werde dir helfen. Du sollst es leichter haben."

Sie drückt Nour an sich. Sie schweigt. Nour schweigt auch und weint leise vor sich hin. Dann trocknet sie ihre Tränen und legt beim Aufstehen den Schal ab. Ihr Gesicht strahlt vor Klugheit und Schönheit. Mit der Geste eines Gebets streckt sie die Hände zum Meer aus.

„Ich will, daß sie stolz auf mich sein kann, denn sie hat mich gerettet. Ihr Kommen hat mich gerettet. Ihretwegen werde ich niemals diese erstickende Maske vor meinem Gesicht tragen. Ihretwegen wird man mir niemals den Unterleib aufschneiden wie meiner Schwester, die bestimmt noch heute vor Schmerz schreit. Man hat mich bei meiner Geburt Nour genannt, aber ohne sie hätte ich niemals diesen Tag gekannt. Ich muß leben, um meinen anderen Schwestern zu helfen. Das hätte sie doch gewollt, nicht?" fragt sie die junge Frau.

Diese scheint von Nours Worten sehr ergriffen zu sein. Sie betrachtet das veränderte Gesicht des kleinen Mädchens, das plötzlich um Jahre älter wirkt. Sie sieht in ihr bereits die schöne junge Frau von morgen, die alle Hoffnungen erfüllen wird.

Im darauffolgenden Sommer, in einem Haus am Ufer des Genfer Sees, begräbt Nour ihren toten Vogel. Sie hat ihn in eine hübsche selbstbemalte Kiste voller bunter Kreuze, Hörnchen, Blumen, Schmetterlinge und Sonnen gelegt. Sie läuft in den Tannenwald. Sie läuft singend und die Kiste mit ihrem toten Vogel wiegend. Dann läuft sie zum Garten an dem von Bergen umgebenen See zurück. Darin steht eine Zeder, der uralte Baum aus dem Land derer, die sie nicht vergessen hat. Weinend gräbt sie ein Loch. Sie legt die Kiste hinein, begießt sie mit Tränen und bedeckt sie mit Erde. Ganz leise murmelt sie: „Eines Tages komme ich zurück. Du wirst sehen, eines Tage komme ich zurück.

NACHWORT

Von Anfang an habe ich mich an der Debatte über Frauenbeschneidung beteiligt, die in den 70er Jahren begann. Seit damals ist die Abschaffung der sexuellen Verstümmelung der Frauen zu einem allgemeinen Thema geworden, aber der Kampf, den die Feministinnen in diesem Zusammenhang führten, hat Polemik hervorgebracht, in die ich mich teilweise eingemischt habe. Ich möchte hier versuchen, den Prozeß zu beschreiben, wie die Genitalverstümmelung zu einer sozialen Problematik geworden ist.

Ein Ereignis hat in mir sehr starke Emotionen ausgelöst und die Entwicklung meiner Arbeit als Schriftstellerin bestimmt, es sollte ein Kristallisationspunkt werden, der deren Schwerpunkt und Ausrichtung maßgeblich bestimmte: 1971 las ich eine Beschreibung der Praktiken der Beschneidung, der Infibulation, der sexuellen Verstümmelung, unter der Millionen Frauen auf der Welt leiden, insbesondere in Afrika und in den arabischen Golfstaaten. Damals arbeitete ich an meiner Promotion an der Universität von Indiana. Das Buch, das ich aufgeschlagen hatte und das mir die Augen öffnete, befaßte sich mit Praktiken, von deren Existenz ich bis dahin nichts gewußt hatte. Es hieß: „Le Drame sexuel de la femme dans l'Orient arabe“; ich entdeckte es auf Französisch (Laffont 1962), es war aber zehn Jahre zuvor in Kairo auf Arabisch erschienen. Der Autor war ein ägyptischer Arzt namens Youssef El-Masry.

Es war das erste Mal, daß ich davon hörte. Ich war mir zweifellos zahlreicher Methoden bewußt, mit denen die arabischen Frauen unterdrückt wurden, denn nicht zuletzt deswegen hatte ich mein Geburtsland, den Libanon, verlassen, aber die Beschneidung übertraf alles, was ich mir hatte vorstellen können. Wochenlang fühlte ich mich danach krank. Meine Dissertation nahm eine Wende. Und der Titel meines ersten Romans stand fest: Die Beschnittene. Denn er handelt vor allem vom Leiden. Was Scarry über den Schmerz sagt, der zur Geschichte wird und durch die Beschreibung Gestalt annimmt, erhielt für mich Realität. Ich empfand die Frauenbeschneidung als persönliches Leid. Ich verwandelte dieses Leid in Worte und in Gesang, die eine Geschichte erzählten, und diese Geschichte bekam eine politische Dimension. Mein eigenes Bewußtsein ist zu einem politischen Akt geworden, der sich über meine Studenten und meine Leser verbreitet hat.

Mein Bewußtsein als Feministin war 1965 durch die Lektüre von Simone de Beauvoirs „Das andere Geschlecht" und ihrer Memoiren geweckt worden. Dank ihrer begriff ich, daß ich nicht allein war, daß eine Frau das zum Ausdruck brachte und theoretisierte, was ich fühlte. Daß Tausende von Frauen auf der Welt diese Unterdrückungssituation erlebten und sich dagegen wehrten, daß einige begannen, diesem Widerstand Ausdruck zu verleihen. Damals war auch die Zeit der sexuellen Befreiung, des Mai 68. Man entdeckte den Körper, rief nach Freiheit und dürstete nach Gerechtigkeit.

1971 beschloß ich nach der Lektüre des Buches von Youssef El-Masry, meine Dissertation mit einem Kapitel einzuleiten, das die sexuellen und sozialen Probleme der arabischen Frauen und besonders die Frage der Beschneidung behandelte. In meiner Arbeit ging es auch um die Rolle der Frau in der Literatur von Mashrek und Maghreb; das Kapitel, das ich hinzufügen wollte, brachte mir erhebliche Schwierigkeiten mit einem Mitglied des Promotionsausschusses (einem arabischen Professor) ein: dieses Kapitel habe „nichts mit Literatur zu tun"! Diese Kritik verdeckte die Angst vor einem Thema, das emotional zu stark belastet und zu umstritten war. Aber ich hatte mich entschlossen und blieb dabei, mit der Rückendeckung anderer Ausschußmitglieder. Seither ist das Thema innerhalb und außerhalb der Universitäten in Orient und Okzident zu einem Klassiker geworden.

Ich kannte es nicht, aber in der gleichen Zeit veröffentlichte Nawal

Saadawi in Ägypten auf Arabisch ihr ausgezeichnetes Buch „Al-Mar'ah Wal-Jins" (Die Frau und das Geschlecht, 1972), das einen solchen Skandal auslöste, daß Nawal ihre Stelle im Gesundheitsministerium verlor. Das Buch wurde verboten. Zum ersten Mal sprach eine arabische Frau – noch dazu eine Ärztin – offen und mit Nachdruck über Bräuche und sexuelle Tabus, mit denen die arabischen Frauen konfrontiert waren. Sie scheute sich nicht, Themen aufzugreifen und kritisch zu hinterfragen wie Ehre, Jungfräulichkeit, Bildung für Frauen, Hochzeit, Polygamie, „beit el-ta'a" (wörtlich: Haus des Gehorsams, gemeint ist damit das Recht des Mannes, seine Frau zu schlagen), die Bedeutung der Sexualität und das Recht der Frau auf einen Orgasmus sowie als eines der heiklen und schmerzlichen Themen die sexuelle Verstümmelung. Das Buch wurde deshalb zensiert und verboten, aber wenige Jahre später im Libanon nachgedruckt und von Tausenden arabischen Frauen und Männern gelesen. Für die Frauen bekam es eine ähnlich elementare Bedeutung wie „Das andere Geschlecht".

Einige Jahre später, 1975, als ich bereits eine Professur an der Universität von Illinois innehatte, schrieb ich im Gefühl der doppelten Verwundung durch den Krieg im Libanon und die Leiden der unterdrückten Frauen, mit denen ich mich identifizierte, meinen ersten Roman „Die Beschnittene". Er beschreibt eine Frau, E. (Elle = sie, Eva, die universelle Frau, in gewisser Weise mich selbst), die symbolisch beschnittene Frau, beschnitten durch den religiösen Fanatismus im Beirut des Krieges, sozial verstümmelt durch die männliche Tyrannei, Zeugin der physischen Verstümmelung anderer Frauen. Wohin kann diese Frau sich wenden? Kann sie sich aus dem Gefängnis befreien? Wie sich befreien von der drückenden Last einer „Gemeinschaft", die sie von den Mitgliedern anderer „Gemeinschaften" absondert? Ist die Liebe zwischen einem Moslem und insbesondere einer Christin überhaupt möglich?

In diesem Roman ist der Begriff der Beschneidung in seiner physischen und psychischen Dimension der Verstümmelung definiert.

Es scheint mir, daß beides eng miteinander verknüpft ist und aus der gleichen Unterdrückung herrührt.

Es geschah ebenfalls im Jahr 1975, das die Vereinten Nationen zum Jahr der Frau erklärt hatten, daß die Feministinnen der ganzen Welt sich für das Thema Beschneidung engagierten. Schreiben wurde für mich zum Ausdrucksmittel meiner persönlichen Erfahrung: Ich war eine arabische Frau, in Beirut geboren, Tochter einer Schweizerin und eines in Ägypten geborenen Libanesen. Meine Erziehung war geprägt von einem rigiden Protestantismus in Beirut, damals die kosmopolitischste Stadt des Mittleren Ostens. Mein Identitätsgefühl konnte nicht sehr klar sein, zumal man an der französischen Schule von Beirut behauptete, meine Vorfahren seien Gallier gewesen (es wurde hundertmal wiederholt, aber diese unglaubliche Behauptung war für die jungen Leute meiner Generation und für mich eine psychische Realität, mit der man schwer leben konnte). Welche Identität sollte ich bejahen? Ich überquerte den Atlantik, um in den Vereinigten Staaten zu studieren, und begann Bücher über Literatur, Politik und Geschichte von Mashrek, Maghreb und Afrika zu lesen. Mir wurden die Unterdrückung, der Rassismus, der Kolonialismus bewußt, dann auch schmerzhaft der Ausbruch des Krieges im Libanon. Ich begann die Wichtigkeit der Identität zu begreifen, ihres Zusammenhangs mit der Sprache und Schriftstellerei; und dieses Gefühl setzte sich in mir immer deutlicher, intensiver und drängender fest.

Das Schreiben hat mir geholfen, einige Wunden zu heilen. Es hat mich mit meiner Vergangenheit versöhnt. Indem ich ausdrückte, was mich erschütterte, vertrieb ich die Wut, den Schmerz und das Leid über Situationen, die ich als unerträglich empfunden hatte, und ich konnte in die Zukunft blicken. Als der Krieg im Libanon 1975 ausbrach, begann ich, Lieder zu schreiben. Wenn ich an die geliebten Menschen dachte, an mein schönes Land, das nun von der Gewalt zerrissen wurde, war meine Trauer so groß, daß ich nicht mehr schlafen und kein normales Leben mehr führen konnte. Lieder – Melodien und Texte – strömten aus mir heraus wie eine einzige lange Klage. Sie erleichterten meinen Schmerz, meine Wut und meine Frustration und halfen mir, meine Gefühle anderen mitzuteilen.

Ich habe mir auch Rechenschaft darüber abgelegt, warum es wichtig ist, die Dinge durch Lieder, Musik, Poesie, Augenzeugenberichte usw. zu ändern. Françoise Lionnet, hat dies sehr schön formuliert, als sie über den Roman von Saadawi „Ferdaws une voix en enfer" und über meinen Roman „Die Beschnittene" schrieb: „Es ist ein wirksamerer und überzeugenderer Weg der Anklage als sachliche und politische Abhandlungen, weil dem Leser ermöglicht wird, in den subjektiven Entwicklungsprozeß einer Frau einzutreten und sich dadurch die Mechanismen zu eigen zu machen." (Françoise Lionnet, „Feminism, Universalism and the Practice of Excision", Passages, 1, 1991, Northwestern University, S. 3)

Ich habe zwei Recherchereisen bezüglich der sexuellen Verstümmelung in Afrika und der arabischen Welt unternommen; die erste 1978, die zweite 1983. Der Sudan war mit Sicherheit das Land, das mich am meisten beeinflußt hat. Ich wußte, daß es sich um eins der Länder handelte, in dem man zu 90 Prozent die schlimmste Form der Beschneidung, die Infibulation, praktizierte, die extremste Form der Genitalverstümmelung. Deshalb habe ich in diesem Zusammenhang den Begriff Infibulation den Wörtern Genitalverstümmelung, Beschneidung oder Exzision vorgezogen.

Das Institut der Arabischen Frau in Beirut hatte mir Adressen vom Omdurman College gegeben, wo ich, aus Kairo kommend, zusammen mit Chandra Talpade Mohanty eintraf. Unser wichtigster Kontakt war eine wunderbare Frau, die aktiv für die Abschaffung der sexuellen Verstümmelung arbeitete. Mit Unterstützung von Studentinnen organisierte sie in den Dörfern Aufklärungskampagnen, wobei sie Filme, illustrierte Schriften, Theaterstücke und andere Medien einsetzte. Sie hatte sich mit allen Machtinstanzen des Landes zusammengesetzt (politischen, religiösen und bildungspolitischen), damit diese sich an ihren Kampagnen beteiligten. Und niemand hatte dies zurückweisen können, alle hatten sie in ihren Anstrengungen unterstützt. Es war für sie sehr viel leichter gewesen, in den ländlichen Gebieten gegen die Genitalverstümmelung zu arbeiten als innerhalb des Kleinbürgertums der Städte, denn auf dem Land sind Frauen und Männer einfacher und direkter; sie sehen die Dinge praktischer und nehmen leichter Hilfe und Ratschläge an, die ihnen angeboten werden. Meine Unterhaltungen haben das bestätigt. Im Gegensatz zum Auftreten der Männer und Frauen politischer oder intellektueller Gesellschaftsschichten in den Vereinigten Staaten oder im Mittleren Osten sind die Frauen aus ärmerem Milieu oft sehr frei in bezug auf Themen wie Sexualität, Liebe, den Beziehungen zu ihren Ehemännern und ihrer Familie, und sie rufen nach Veränderung.

Die Sudanesin hatte für uns Gespräche mit sechs Frauen organisiert, die sich hinsichtlich Alter, Milieu und Beruf unterschieden. Die Lektüre dieser Aufzeichnungen von diesen Gesprächen zeigt erneut die Bedeutung, die die Praxis der Infibulation im Leben der Frauen spielt, selbst wenn zwei von ihnen sie nicht erlitten hatten. Alle lehnten sie ab und zögen eine Änderung der Dinge vor.

In den Interviews, die ich außerdem noch in Afrika und den arabischen Ländern zusammentragen konnte, werden eine Reihe Motive genannt, um die Beschneidung zu begründen. An erster Stelle das ästhetische Motiv: eine beschnittene Frau ist schöner, wurde mir in mehreren Gesprächen versichert. So waren Krankenschwestern der Meinung, die Schamlippen seien häßlich und müßten abgeschnitten werden. Bisweilen praktizierten sie deren Entfernung aus eigener Machtbefugnis an Frauen während der Entbindung, „um diesen Frauen mehr Schönheit zu verleihen“. Dieses ästhetische Motiv schien mir jedoch mit traditionellen Vorstellungen und solchen der rituellen Reinigung, die ebenfalls häufig in den Gesprächen erwähnt wurden, verknüpft zu sein. Die Vorstellung des Schönen leitete über zur rituellen Reinigung, die wiederum führte zum Religiösem oder dem, was der Gruppe heilig ist. Schön sein und rein sein sind mit der Darstellung der eigenen Identität verknüpft und verweisen zumindest teilweise auf das Religiöse.

Auch die Minderung der sexuellen Begierde wurde häufig angeführt. Sie würde es ermöglichen, die Frauen besser zu kontrollieren, sie leichter dazu bringen, die von ihnen hauptsächlich erwartete Funktion, Kinder auf die Welt zu bringen, zu erfüllen. „Eine beschnittene Frau wird sich in acht nehmen", erklärte mir die Patientin eines ägyptischen Krankenhauses, womit sie ausdrücken wollte, daß sie bis zur Heirat Jungfrau bleiben würde. Und eine dieser ägyptischen Intellektuellen, die zunächst gezögert hatte, sich zu äußern, hatte dann schließlich den Gedanken vorgetragen, daß die Beschneidung ein Mittel sei, den Frauen ein Schuldgefühl zu geben, ihnen ihre Sexualität vorzuhalten. Tatsächlich muß festgestellt werden, daß die Beschneidungsrituale nicht von der gleichen Freude und den gleichen Feierlichkeiten begleitet werden, wie dies bei der Beschneidung der Jungen der Fall ist, so wie man sie sowohl in den arabischen wie auch afrikanischen Gesellschaften antrifft und wie sie häufig in Romanen beschrieben werden. Selbst dann, wenn sie Gelegenheit zu einem Fest bietet, wie zum Beispiel im Sudan, wird die Beschneidung häufig mit einem Gefühl der Beschämung durchgeführt. Auch wenn die Beschneidung bei Mädchen und Jungen ein Initiationsritual war oder ist, so hat sie dennoch nicht die gleiche Bedeutung.

Die ersten Studien über die Beschneidung wurden von Europäern durchgeführt. Sie führen uns ins ausgehende 19. Jahrhundert, wie Michel Erlich darlegt (*La femme blessée:* Essai sur les mutilations sexuelles féminines), ein Arzt, der viele Jahre in Dschibuti gearbeitet hat, wo die Frauen die Infibulation in sehr jungen Jahren erleiden. Erlich versucht, den geschichtlichen Hintergrund dieser Einrichtung zu schildern und macht Vorschläge zur soziologischen und psychologischen Deutung.

Doch Michel Erlich selbst sagt, daß die Ursprünge „ungewiß" sind. Ich denke, daß die Vielfalt der in den verschiedenen Ländern benutzten Ausdrücke zeigt, daß eine sehr alte Praxis von jüngeren Kulturen wiederentdeckt und -aufgenommen worden ist. Die sudanesischen

Frauen, die ich befragt habe, benutzen gewöhnlich das Wort *sunna,* das sowohl für die Frau wie für den Mann verwandt wird und mit Beschneidung übersetzt werden kann. *Sunna* bezieht sich aber auf die Tradition, denn so nennt man auch die Gesamtheit der Sprüche des Propheten *(hadiths).* Der Verweis auf die Tradition ist in diesem Fall jedoch tatsächlich der Hinweis auf einen Brauch, der älter als der Islam ist und von diesem mehr oder weniger toleriert wird. Außerdem ist *sunna* nicht Attribut einer Praxis, sondern die dieser Praxis gegebene Bezeichnung, also die Synekdoche, mit deren Hilfe die Beschneidung/Ablation die Tradition subsumiert. Eine Tradition zudem, die sich, wie ich bereits gesagt habe, durch ihre Bezeichnung auf den Islam berufen will, ihm aber zeitlich vorangeht. Die sudanesischen Frauen verwenden auch noch, wenn auch weniger häufig *pharaonieh,* womit exakt die am häufigsten praktizierte Form der Beschneidung bezeichnet wird, die Infibulation (oder pharaonische Beschneidung). *Pharaonieh* verweist also auf eine dem Islam vorangehende Periode, deren Institutionen vom Islam abgeschafft wurden. In Ägypten und in anderen arabischen Ländern wie dem Libanon (in dem die Beschneidung nicht praktiziert wird), lautet das für den Eingriff beim Mann ebenso wie bei der Frau verwandte Wort hingegen *tahara* , was soviel wie Reinigung bedeutet. In den Emiraten ist das am häufigsten benutzte Wort *khatin*, aus dem Wortstamm *khat* (wörtlich Linie oder Einschnitt). Auch hier bezeichnet das Wort den Eingriff sowohl beim Mann wie bei der Frau, so daß man es mit Beschneidung übersetzen könnte. *Khatin* hat eine technische Nebenbedeutung und beschreibt ebenso den Eingriff wie, fast schon auf bildhafte Art, das Ergebnis: die beschnittene weibliche Scham nimmt eine gradlinige Form an. Man könnte die Beschreibung dieses unterschiedlichen, wenig vereinheitlichten und an Assoziationen reichen Vokabulars auf die Gesamtheit der Ausdrücke ausdehnen, die von Geschlecht und Sexualität sprechen. Es wäre eine Bereicherung, ihre gründliche Analyse eines Tages vorzunehmen. So lautet im Sudan, um nur ein Beispiel zu nennen, das Wort für die Klitoris *gamal.* Diesen Ausdruck bringen die Frauen mit der Bezeichnung für das Kamel in Zusammenhang und stellen so eine Ähnlichkeit zwischen Kamelhöcker und Klitoris her. In Ägypten hingegen ist das Wort *gamal* für Schönheit gebräuchlich, und man verwendet *bizir* für die Klitoris, was nun wiederum Samenkorn bedeutet, mit der Nebenbedeutung Quelle des Lebens.

Eine der Vorkämpferinnen im Einsatz gegen die Praxis der Beschneidung ist zweifelsohne Fran Hosken. Über viele Jahre hinweg, in den frühen Sechzigern beginnend, hat sie ihr Leben der Sammlung von Fakten über die Unterdrückung der Frauen in all ihren Spielarten und insbesondere über die Genitalverstümmelung gewidmet. Zu diesem Zweck hat sie zahlreiche Reisen nach Afrika unternommen. Hosken hat ihren eigenen Verlag gegründet und eine Zeitschrift, die sie selbst leitet und finanziert: *Women's International Network News.* Hier findet man zahlreiche Informationen zur Praxis der Genitalverstümmelung und über andere Methoden, die Frauen zu unterdrücken. Ihre Dokumentensammlung wird häufig von Forschern in Anspruch genommen.

Hosken unterscheidet drei Formen der Praxis: (i) Die *sunna*, die man mit Beschneidung übersetzen könnte. Das ist die Entfernung der Vorhaut und der Spitze der Klitoris, wobei das arabische *sunna* die islamische Tradition heraufbeschwört. (ii) Die Exzision oder Klitoris-Ektomie, die die völlige Entfernung der Klitoris beinhaltet, häufig auch der kleinen Schamlippen und bisweilen die Entfernung des äußeren Geschlechtsteils mit Ausnahme der großen Schamlippen. (iii) Die Infibulation oder pharaonische Beschneidung, also die Entfernung der Klitoris an ihrer Wurzel, die Entfernung der kleinen Schamlippen und eines Teiles der großen Schamlippen, die beiden Seiten der Vulva werden grob abgeschabt und dann miteinander vernäht, d. h. der Eingang zur Vagina wird mit Ausnahme einer winzigen Öffnung, die den Urin und das Menstruationsblut durchläßt, verschlossen (Hosken, 2). So muß sich die Frau in der Hochzeitsnacht einer doppelten Entjungferung unterziehen: die der zugenähten Vulva, die mit Hilfe eines scharfen Gegenstandes oder des Penis geöffnet werden muß, und die des Jungfernhäutchens, das mit dem Penis zerrissen werden muß.

Fran Hosken ist eine Kämpferin und fordert, daß sofort alle Anstrengungen unternommen werden, um die Praxis der Verstümmelungen abzuschaffen. Sie ist davon überzeugt, daß man dies erreichen kann.

In den siebziger Jahren sind afrikanischen und arabischen Ärzten und Intellektuellen die grausamen Folgen der Genitalverstümmelung bewußt geworden. Sie haben geforscht, analysiert, Kritik vorgetragen und nach Wegen gesucht, diese Praxis, die Millionen Frauen in Afrika und der arabischen Welt verstümmelt und sie unwiderruflich körperlich und seelisch verkrüppelt, einzustellen. Zed Press hat einige dieser Studien in den achtziger Jahren veröffentlicht. Aus der Feder afrikanischer Frauen stammend, berichten die meisten über Forschungsresultate. Ich werde zwei hier aufführen.

Zunächst *Woman, Why do you Weep? (Frau, warum weinst du so?)* von der sudanesischen Ärztin Asma El-Dareer geschrieben, die viele Jahre als Vizedirektorin im Bereich Gesundheitsstatistik und -forschung im Gesundheitsministerium gearbeitet hat. Ihr Buch beginnt mit einer sehr bewegenden Einleitung, die an die von Nawal Saadawi in *The Hidden Face of Eve (Evas verborgenes Gesicht)* erinnert. El-Dareer beschreibt ihre eigene Beschneidung, die Komplikationen, die sich ergaben, und ebenso die abscheulichen Qualen, die ihre Schwester ertragen mußte. All dies hat ihren Entscheidungen ein Ziel gegeben. So begann ihr Haß auf die Beschneidung, und sie beschloß, ihr Leben diesem Thema zu widmen, seiner Erforschung, seiner Darstellung in Wort und Schrift. Für Saadawi ebenso wie für El-Dareer haben mehr als die eigenen die Qualen einer Schwester diese Rebellion ausgelöst, das Verlangen, aktiv gegen die Praxis der Verstümmelungen anzukämpfen. Zeugin des Schmerzes einer anderen, einer nahestehenden Person zu sein, verlieh augenscheinlich mehr Gewicht sich zu erheben, heftig zu protestieren, öffnete ein weiträumigeres Feld, nämlich das eines weltweiten Kampfes und eines alle Schwestern, die über die ganze Welt verteilt unter diesen Verstümmelungen leiden, einschließenden Wortes.

El-Dareer ist durch den ganzen Sudan gereist, um ihre Untersuchungen abzuschließen, sie hat Frauen und Männer befragt, Hebammen und Krankenschwestern, die diesen Eingriff ausführen. Wie Hosken hat auch sie drei Formen des Eingriffes festgestellt und nennt für den Sudan, zu Beginn der achtziger Jahre, die Zeit ihrer Erhebungen, folgende Zahlen: 83% der Frauen erleiden die pharaonische Beschneidung, 12% die Exzision und 2,5% die einfachste Form der Beschneidung, also die von Fran Hosken *sunna* genannte. Also werden nur 2,5% der Frauen nicht verstümmelt, weder auf die eine noch die andere Art. El-Dareer unterstreicht die Folgewirkungen dieser Bräuche auf die Gesundheit: Blutungen, Schock, Geschwülste, Fieber, Entzündung der Wunden, ausbleibende Vernarbung, schmerzhafte Vernarbung, Harnzwang, Keloide, Abszesse an der Vulva, zystische Einschlüsse, chronische Infektionen der Harnröhre und des Beckens, Schwierigkeiten bei der Penetration, Schmerzen beim Geschlechtsakt, Schwierigkeiten bei der Menstruation. 50% der Frauen haben niemals ein sexuelles Verlangen verspürt und betrachten den Geschlechtsakt als Bürde. 23,3% sind gegenüber jeder sexuellen Aktivität gleichgültig, die anderen finden sie nur bisweilen angenehm.

Zum Schluß bietet El-Dareer eine packende Zusammenfassung der Haltung, die sudanesische Frauen und Männer gegenüber der Beschneidung einnehmen. Das reicht vom radikalen Aufstand und vom Einsatz dafür, die Dinge durch die Abschaffung dieses Brauches zu ändern, bis zur passiven Akzeptanz dieser Praxis und der Gesellschaftsordnung, die damit verbunden ist, also der Verherrlichung der Verstümmelung und dem Stolz, sie ertragen zu haben.

Das zweite Buch, das ich gerne erwähnen möchte, ist *Sisters in Affliction* (Schwestern der Heimsuchung), das von einer Somalierin geschrieben wurde, Raqiya Haji Dualeh Abdalla, Direktorin für Kultur im somalischen Ministerium für Kultur und Hochschulwesen. Sie hat in Somalia eine Untersuchung durchgeführt. Auch sie hat die drei Methoden des Eingriffs beobachtet, seine Wirkungen und körperlichen wie seelischen Komplikationen, ebenso die Begründungen, die mit diesem Brauch einhergehen, und schließlich die Manipulation durch das religiös gebundene Schulwesen. Sie beschreibt außerdem noch die wirtschaftlichen Aspekte.

Beide Werke richten ihre Aufmerksamkeit insbesondere auf die Kämpfe, die zur Abschaffung des Brauches der Verstümmelung geführt werden, auf die erreichten Erfolge und Niederlagen. Sie geben Empfehlungen für den Bereich der Erziehung und darüber hinaus. Beide gehen unter die Haut, stammen sie doch aus der Feder afrikanischer Frauen, die selbst verstümmelt wurden, und die begreifen, wie wichtig es ist zu schreiben, zu sprechen, das Bewußtsein wachzurütteln, tätig zu werden, um die anderen Frauen davor zu bewahren.

Der Kampf gegen die Beschneidung, dem die westlichen Feministinnen ihre volle Unterstützung gaben, berührte ohne Zweifel einen sehr sensiblen Punkt in den Gesellschaften, in denen sie verbreitet war. Sehr bald nämlich hat die Kritik versucht, diesen Kampf zu verunglimpfen: dies geschah schon von 1975 an, dem Jahr, das zum Internationalen Jahr der Frau ausgerufen worden war, und in dem die Feministinnen der ganzen Welt gegen das Problem Beschneidung mobil gemacht hatten. Diese Mobilisierung hat Kritik, Polemik und Gegenbeschuldigungen seitens afrikanischer Frauen ausgelöst, die die europäischen und amerikanischen Feministinnen beschuldigten, einen zu engen und ethnozentrischen Weg eingeschlagen zu haben. Sie hätten die afrikanischen Frauen auf rassistische, frauenfeindliche, unmenschliche und barbarische Weise dargestellt und damit folglich die westlichen Klischees hinsichtlich der Völker der Dritten Welt gestärkt.

Ich bin selbst in diesen Konflikt hineingezogen worden, und er hat mich zerissen. Das ereignete sich anläßlich eines Treffens der African Literature Association (ALA) in Madison, Wisconsin. Ich werde kurz über dieses Ereignis berichten, wirft es doch Licht auf eine Epoche.

Ich hatte einen Text vorgelegt, in dem ich das Thema der Beschneidung zur Sprache brachte, und gebrauchte dabei das Wort „Verstümmelung". Sofort nahm mich einer meiner afrikanischen Kollegen beiseite, weil ich nicht das Wort „Tradition" für Beschneidung benutzt hatte. Die Vollversammlung wurde stürmisch und spaltete sich urplötzlich hinsichtlich der Hautfarbe und nicht der Geschlechter, denn die afrikanischen Frauen bezogen nun Position an der Seite der afrikanischen Männer. Eine Afrikanerin brachte es fertig aufzustehen, um zu erklären: „Ich bin stolz darauf, verstümmelt zu sein!"

Das hat mich sehr deprimiert, war ich doch nicht in der Lage, einen derart heftigen Ausbruch zu begreifen. Im Verlauf des Abends entdeckte ich jedoch die Gründe für den Bruch. Ich hatte eines der Lieder gesungen, das ich zum Thema Beschneidung komponiert hatte:

Sie schreiten voran in der Ebene, eine folgt der anderen, sie schreiten voran / ahnen nicht den Schraubstock, ahnen nicht das Messer, ahnen nichts / sie schreiten voran / Ich kann nicht mehr singen, ich kann nicht mehr tanzen, ich kann dich nicht mehr umarmen / Mein Kuß ist vergewaltigt, mein Verlangen zerschmettert, meine Flamme erstickt / unter all diesen Wunden, unter all diesen Schnitten / unter all diesen bei ihrer Extase vernähten Narben.

Mehreren der anwesenden Afrikanerinnen standen, während ich sang, Tränen in den Augen; sogar der, die sich am Morgen erhoben hatte; und mit ihr kamen andere am Ende der Darbietung zu mir, um mir zu danken. Recht täte ich daran, sagten sie mir, über dieses Problem zu singen und zu sprechen, aber am Vormittag hätten sie sich auf die Seite der Männer stellen *müssen*: sie schuldeten ihnen diese Loyalität. Der *Rasse* gegenüber loyal zu sein angesichts eines westlichen Publikums war wichtiger als Wahrheit und Gerechtigkeit. Aber ich hätte Recht, die Praxis der Beschneidung anzuprangern.

Allmählich hat dann in meinem Geist das Verhältnis von Loyalität und Wahrheit, die sich daraus ergebende Spaltung der Frauen zu einem Zeitpunkt, an dem sie hätten zusammenstehen müssen in so wesentlichen Fragen wie der der Beschneidung, eine klare Gestalt angenommen. Ich habe dies in „Conflits et contradictions de la sexualité“ analysiert. So zeige ich zum Beispiel, wie die Debatte über die Sexualität und ihre Zusammenhänge mit den politischen und gesellschaftlichen Konflikten in eine dunkle Ecke verbannt wird, weil die Frauen ganz unkritisch einer dogmatischen Ideologie anhängen – und sei es eine der Befreiung – und weil sie sich blindlings in einer militanten Bewegung engagieren. Diese Anhängerschaft, dieses Engagement stehen der Einheit der Frauen entgegen. Der sexuelle Ursprung ihrer Probleme wird durch die Loyalität gegenüber den Männern oder durch die Ideologie der Gruppe verdeckt. „Solange die Frauen nicht bereit sind, die Masken und Redeweisen der Männer abzustreifen, solange sie die Bedeutung ihrer Solidarität jenseits aller Machtspiele nicht begriffen haben, werden sie ihr Interesse an einem gemeinsamen Kampf zu ihrer Befreiung, welcher zu einer Renaissance der Gesellschaft führen könnte, nicht erkennen“ (S. 39).

In *Peau noire, masques blancs* erwähnt Fanon den Wunsch der Schwarzen, sich angesichts des Kolonisators „einzuweißen“. Auf die gleiche Weise versuchten die schwarzen Frauen, sich angesichts ihres schwarzen sexuellen Unterdrückers auf ihre Art „einzuweißen“, in einer männlichen Maske aufzutreten: Geschlecht weiblich, Masken männlich?

Die Kritik an der Position der westlichen Feministinnen zur Beschneidung hat jedoch nicht aufgehört und ist insbesondere in dem Artikel von Chandra Talpade Mohanty präsent, der bei den amerikanischen Feministinnen als Klassiker gilt. Dieser Artikel – „Under Western Eyes“ *(Unter den Blicken des Westens)* – wurde zu Beginn der neunziger Jahre veröffentlicht und besitzt die Merkmale der neuen Epoche des Postmodernismus. Mohanty greift insbesondere Hosken an, der sie vorwirft, das politische Umfeld der „Sache“, für die sie vehement eintritt, nicht analysiert zu haben und das Problem überschwenglich und subjektiv darzustellen. Indem sie aber Hosken angreift, schlägt sie auf die ganze Politik des Feminismus, den ganzen feministischen Militantismus ein; jedenfalls bleibt das aus ihrem Artikel erinnerlich. Hosken wird bei ihrem Engagement eine begrenzte Sichtweise vorgeworfen und daß diese Einengung sie daran hindere, die „konkreten historischen und politischen Verfahrensweisen" wahrzunehmen und zu analysieren. Der Text von Mohanty ist nicht immer klar. Aber, um mich kurz zu fassen, man behält, daß Hosken nur den Horror der Verstümmelungen schildert, ohne ihn in seinen ebenfalls fürchterlichen Kontext von Rassismus und Kolonialismus einzubetten. Tatsächlich greift Mohanty die von Edward Saïd circa zehn Jahre früher erstmalig geäußerte Kritik an der westlichen Sichtweise wieder auf, insbesondere der westlichen Intellektuellen. Bei dieser Betrachtungsweise erscheinen die arabischen Gesellschaften exotisch, sehr fern, sehr anders, werden als „orientalistische" Klischees wahrgenommen bis zum Erbrechen.

Die Kritik westlicher Feministinnen ist in Wirklichkeit Teil einer allgemeineren zeitgleichen Kritik: der des humanistischen Diskurses des Westens: der Diskurs der Menschenrechte ist ein weltumfassender, der die Besonderheit sehr respektabler Kulturen ignoriert, diesen Gesellschaften Gewalt antut, an einem Völkermord, an der Auslöschung nicht hegemonialer Kulturen teilhat.

Françoise Lionnet meint, daß die Debatten über die Praxis der Beschneidung zwischen zwei Polen ablaufen: dem Universalismus und dem Partikularismus. Zwei Positionen stehen einander gegenüber: Abschaffung sämtlicher Beschneidungspraktiken auf der Basis einer universellen Ethik auf der einen Seite, auf der anderen Respekt gegenüber der kulturellen Autonomie der afrikanischen Gesellschaften und eine ablehnende Haltung gegenüber jeder Form von Intervention als „Akkulturation" an westliche Standards.

Saadawi, so sagt sie, bringt sich in Gefahr, wenn sie diese Praktiken angreift. Indem sie auf die universellen Menschenrechte verweist, versucht sie Brücken zwischen den Kulturen zu errichten. Damit verweist sie auf den Wert einer „westlichen" Analysemethode, die ihr erlaubt, ihre subjektive Erfahrung des Schmerzes zu benennen und sie in einen intersubjektiven Kontext einzubauen. (S. 4)

Für Lionnet bedrohen die ideologischen Gegensätze zwischen Feministinnen, die auf diesen beiden Positionen beharren, den Dialog. Es ist äußerst wichtig, die Ursachen dieses Zerwürfnisses zu ergründen, sich für eine vergleichende feministische Kritik einzusetzen, nicht, um Lösungen um jeden Preis zu suchen, sondern um den Dialog aufrechtzuerhalten. Vor allem sollten Beurteilungen von ethnozentrischer Bedeutung keinen Platz in einer feministischen Forschung, die vielseitig und multikulturell ist, haben. Unter diesem Blickwinkel versucht Lionnet, einen „Bezugsrahmen zu schaffen, in dem die Intersubjektivität und die Wechselbeziehungen möglich werden".

Der Streit „Universalismus gegen Kulturrelativismus" wird ebenfalls von Martine Lefeuvre-Déotte in einem kürzlich veröffentlichten Buch aufgegriffen, das sich mit den Gerichtsprozessen befaßt, die in Frankreich geführt wurden und die Beschneidung zum Gegenstand hatten. Leveuvre-Déotte scheint die Arbeiten von Lionnet zu diesem Thema nicht zu kennen. Sie zitiert und erwähnt sie auch nicht in ihrer Bibliographie. Vielleicht weil Leveuvre-Déotte Soziologin ist und die Prozesse in Frankreich beobachtet hat, während Lionnet sich mehr der postmodernen und feministischen Literaturkritik der Vereinigten Staaten zurechnet. Wie dem auch sei, die Wortgefechte und Argumente, die in den in Frankreich geführten Prozessen aufeinanderprallen, zeichnen sich, so wie Lefeuvre-Déotte sie analysiert, durch außerordentliche Klarheit aus. Darin übertreffen sie, so scheint es, bei weitem die Universitätskreise und den Feminismus.

Eine ganze Reihe von zentralen und widersprüchlichen Aussagen erscheinen immer wieder in den Auseinandersetzungen vor den Schwurgerichten, vor die die Urheber ritueller Genitalverstümmlungen in Frankreich gestellt wurden:

- Universelle Grundwerte, auf deren Grundlage man die verschiedenen Kulturen beurteilen könnte, existieren nicht; der Grundwertekanon ist so gut wie gleich, alle Kulturen verlangen einen absoluten Respekt.
- Wenn alles so gut wie gleich ist, wenn es kein universelles Kriterium für das Gute und das Gerechte gibt, wenn jede Kultur in ihrer

besonderen Ausprägung ihre eigenen Normen für das Gerechte aufstellt, ... dann ist auch der Nationalsozialismus, von einem ethischen Standpunkt betrachtet, so viel oder wenig wert wie die Demokratie ... Diese Aussage ist unakzeptabel.

- Oberstaatsanwalt und Nebenkläger versuchen, einen universellen Standpunkt zu beziehen und verteidigen Werte, die die menschliche Natur subsumieren, also gute und gerechte Werte der Vernunft nach. Sie verurteilen die Angeklagten im Namen universeller Werte, die der ganzen Menschheit eigen seien: beschneiden ist weder schön, noch gerecht, noch gut – in welcher Gesellschaft auch immer.
- Im Gegensatz dazu versuchen die Verteidiger zu beweisen, daß die Angeklagten nicht nur nicht schuldig vor dem französischen Gesetz sind, sondern der Norm und den Gesetzen ihrer Gruppe gehorchen.
- Dabei wird deutlich, daß es einerseits unmöglich ist, sich eines Urteils zu enthalten, denn wie könnte man sonst, wie bereits gesagt, Stellung beziehen, um Völkermorde abzuurteilen? Andererseits läßt sich aber auch nicht bezweifeln, daß es einen Standpunkt gibt, der die unterschiedlichen Kulturen einbezieht. Die universellen Menschenrechtserklärungen werden immer von einem einzigen Volk unterzeichnet; darin besteht das Paradox.

Lefeuvre-Déotte zeigt mit großer Treffsicherheit, daß dieser Streit, von dem man annehmen könnte, er sei abstrakt, sich ganz konkret in den Wortgefechten vor den Schwurgerichten wiederfindet. Sie betont außerdem, daß die Prozesse, mit denen in Frankreich versucht wurde, diese Praxis zu unterbinden, und die ein Medienspektakel ausgelöst haben, fast keinen Einfluß auf die Gruppen gehabt haben, die weder lesen noch schreiben können, ja daß sie bei gewissen Beschuldigten sogar eine negative Wirkung hervorgebracht haben, weil diese ihre Orientierung verloren, ja sogar durch Beschuldigungen, die sie nicht verstanden, um ihren Verstand gebracht wurden. Und Lefeuvre-Déotte fügt dem Ende ihrer Arbeit ein Plädoyer für eine

Alphabetisierung und Information der Bevölkerungen, die die Beschneidung praktizieren, hinzu; vielleicht ist das der wichtigste, der interessanteste Aspekt ihres Buches.

Wegen der Kritik am westlichen feministischen Militantismus darf man an dieser Stelle nicht versäumen, Gayatri Chakravorty Spivak zu nennen. Was sie in bezug auf Indien und das *sati* (die Witwenverbrennung, der Übers.) berichtet, kann problemlos auf Afrika und die Beschneidung zur Zeit der Kolonialherrschaft und sogar danach übertragen werden. Sie zeigt den Mechanismus auf, mit dessen Hilfe die Sprache der Hindufrauen vernebelt wurde und sie zum Schweigen gebracht wurden. Die beiden mustergültigen, einander entgegengesetzten und in Wechselwirkung stehenden Sätze, die sie in bezug auf die Hindufrau und das *sati* in der Kolonialzeit formuliert, können problemlos auf andere Weltgegenden übertragen werden, der erste ohne jede Änderung: „Die weißen Männer retten die braunhäutige Frau vor den braunhäutigen Männern", und dann der Satz zur indischen Identität, in dem die Sehnsucht nach den Ursprüngen parodiert wird: „Wahrhaftig, die Frauen wollen sterben". Der zweite lautet dann: „Wahrhaftig, die Frauen wollen beschnitten werden". „Subalterne" werden als Gefangene der alles beherrschenden Sprachregelungen, die der Kolonisation und die des Patriarchats, zum Schweigen gebracht. Die Hindufrau, hin- und hergerissen zwischen dem kolonialen Befreiungswortschatz und dem Identitätsvokabular, bleibt ohne Stimme.

Wie im Falle Indien konnte und kann die Befreiung der Frau von der Beschneidung für den Westen bedeuten, die „gute Gesellschaft" zu schaffen. Von Beginn der Kolonisation an war das Vorhaben der Befreiung der indischen, arabischen Frau deutlich mit dem Bestreben verbunden, die konkreten und symbolischen Strukturen der unterworfenen Kultur zu zerstören. Als Antwort darauf haben die unterworfenen Gesellschaften sich an ihre Einrichtungen geklammert, sie möglicherweise noch gestärkt in dem Verlangen nach Bestätigung ihrer Identität. Dabei haben sie jedes Streben nach Befreiung der Frau abgeblockt, indem sie sie zur „Hüterin der Identität“, der nationalen, der arabischen, der islamischen ernannten. Die beiden gegensätzlichen und einander legitimierenden Sätze haben beide, wie G. Spivak bemerkt, dazu beigetragen, daß jede weibliche Stimme erstickt wurde.

Ich hatte Gelegenheit, in Ägypten einem solchen weiblichen Schweigen zu begegnen. Viele Frauen (aber auch Ärzte) behaupteten, daß es die Beschneidung nicht mehr gäbe, während sie tatsächlich noch in großem Umfang praktiziert wird. Scham und Verlegenheit angesichts meiner Fragestellungen spiegeln sich in meinen Interviews und Berichten sehr deutlich. Und ich habe mich gefragt, warum wohl in Ägypten die Scham, der Widerwille, über diese Eingriffe zu sprechen, der Wunsch, sie zu verheimlichen, am größten ist. Darauf gab es nur eine Antwort: Es war die Reaktion auf die Kampagne Nassers sie auszurotten, und es waren die Reportagen und Verurteilungen, die darüber in der westlichen Presse verbreitet wurden.

Kritik an der Kritik

Erste Anmerkung. Aus Respekt vor eigenständigen Kulturen müßten die Frauen (und die Männer) der Ersten Welt darauf verzichten, sich in die Probleme der Gesellschaften der Dritten Welt einzumischen, in denen sich die eine oder andere Form von Unterdrückung manifestiert. Stellen wir uns jedoch die Frage und finden wir heraus, unter welchen konkreten Bedingungen diese eigenständigen Kulturen sich heute behaupten oder vorgeben, sich zu behaupten.

Der Nationalismus der aus den antikolonialen Kämpfen hervorgegangenen Staaten wurde häufig von einer Rückkehr zu den Traditionen, die die individuellen Freiheiten einschränkten, begleitet. Im Prinzip ging es darum, eine Identität wiederzuerlangen, die angeblich durch die Kolonisation zerstört worden war. Im Gegensatz zu einer Anstrengung, die darin bestanden hätte, die konkrete Volkskultur, so wie sie sich zum Zeitpunkt der jeweiligen Befreiung darstellte, fortzuentwickeln, konnte eine solche Absicht jedoch lediglich in dem Versuch bestehen, verschwundene oder nicht mehr gebräuchliche Einrichtungen wiederzubeleben oder neu zu schaffen. Das Projekt der Rückkehr zur Identität hatte daher von Anfang an wie von selbst den Makel einer die Authentizität bemühenden Absicht. In der Wirklichkeit haben dann die Schwachen und die Frauen fast immer für die Kosten dieser Orientierung aufkommen müssen; und die Unabhängigkeit hat in fast allen afrikanischen Ländern eine Zunahme der Unterdrückung der Frau bewirkt. Im Widerspruch zu ihrer erklärten Absicht begreifen sich diese neuen Mächte der Unterdrückung, die sich einer Bejahung der kulturellen und institutionellen Besonderheiten verschrieben haben, gewöhnlich als an der Kaufkraft orientierte, deren hauptsächliche politische Ausrichtung in der Einordnung in den Weltmarkt besteht. Die Absicht, eine eigenständige Kultur fortzuentwickeln, scheint also mit dem verknüpft zu sein, was man, kurz und bündig, die Globalisierung nennt. Gewiß, die dialektische Verbindung zwischen der Veränderung der Gesellschaft auf der einen Seite und der Bejahung des Fortbestandes der Kultur und der Identität auf der anderen, ist häufig beschrieben worden. Aber darum allein geht es nicht; tatsächlich haben die Mächtigen ein politisches Interesse an einer auf Identität ausgerichteten Ideologie, die die Spuren verwischt und die Wirtschaftspolitik und deren konkrete Folgen überdeckt und dem Blick entzieht. Der Markt selbst neigt seinerseits dazu, Partikularismus und eigene Wege für Perspektiven der Verkaufsförderung hervorzubringen.

Zweite Anmerkung. Muß man daran erinnern? Keine Gruppe, Gruppierung, keine größere Gesellschaft befaßt sich nur mit sich selbst. Sie geht Verbindungen ein und ist immer Verbindungen mit anderen eingegangen, natürlich mal mehr, mal weniger intensiv. Eine isolierte Gesellschaft gibt es nicht, eine Gesellschaft begreift sich auch nur in ihrer Beziehung zu anderen, in einem beziehungsreichen Raum. Das bestätigt übrigens Spivak, wenn sie zum Beispiel in bezug auf das *sati* die beiden Redeweisen, die sich ergänzend einander gegenüberstehen, beschreibt. Dabei wird die eine durch die andere bestätigt. Die erneute Bekräftigung der Heiligkeit des *sati* ist eine erneute Bekräftigung der Identität gegenüber dem Unterdrücker, und gleichzeitig ist das *sati* keine Besonderheit an sich, sondern eine Besonderheit in einem Beziehungsrahmen. Bei der Beschneidung handelt es sich wahrscheinlich um den gleichen Entwicklungsprozeß. Die Kritik von Chandra Talpade Mohanti übersieht dies: Sie versäumt, wenigstens in groben Zügen die Verantwortung des „Westens" hinsichtlich der Beschneidung darzustellen. Angesichts der Greueltaten des Rassismus und Kolonialismus fordert sie, daß Frauen (und Männer) des Westens hinsichtlich der Genitalverstümmelungen schweigen, stellt aber überhaupt keine Verbindung zwischen diesen beiden „Phänomenen" her. Nun darf man aber nicht vergessen, daß die Kolonialherren sich oft des Patriarchats und seiner Einrichtungen bedient haben und weniger versucht haben, sie zu zerstören, als sie zu unterwerfen, sie sich unterzuordnen. Die westliche Herrschaft war gewiß nicht leicht zu verstehen. Sie konnte die traditionellen Institutionen stärken, aber eben auch versuchen, sie von innen heraus ideologisch zu unterminieren, indem sie z. B. das *sati* oder die Beschneidung verunglimpfte. Das ist kein *politischer* Widerspruch. Das humanistische Interesse an den „sexuellen Verstümmelungen" kann so, innerhalb gewisser Grenzen, als Wille interpretiert werden, Einrichtungen zu schwächen, die die unterworfenen Gesellschaften lenken, während der Unterdrücker sich gleichzeitig ganz konkret, bisweilen sogar nur mittelbar, auf die gleichen Institutionen stützt. Wenn dieses Interesse aber in einen echten Kampf umschlägt, in den praktischen Willen der Vernichtung, dann kann man nicht mehr von der Duplizität des Unterdrückers sprechen. Die traditionellen Einrichtungen, die die Frauen unterdrücken, zu zerstören, heißt demnach, die Frauen zu befreien. Und das ist dann tatsächlich Zerstörung oder die Inangriffnahme von Zerstörung. Dies heißt, die Grundfesten der patriarchalichen Ordnung, auf der die Unterdrückung beruht, untergraben.

Hier muß ich auf den Vorwurf des Reduktionimus zurückkommen, den man den amerikanischen und europäischen Feministinnen gemacht hat. In Wirklichkeit ist jeder militante Kampf reduktionistisch, von Natur her oder aus Notwendigkeit. Und ebenso steht eine „Verunglimpfung, die überzeugt" (Lionnet) sogar im Widerspruch zu einer „Bewertung", die nicht vorgenommen wird, und ist kaum vereinbar mit der „Suche nach Lösungen". Den erschütternden Aspekt einer Unterdrückungsmaßnahme offenzulegen, ist (außer für den Voyeur) untrennbar damit verbunden, ein Werturteil darüber abzugeben. Und dazu gehört auch das Verlangen, diese abzuschaffen (wenn man die Beschneidung als Ritual darstellt, nimmt man ihr die dramatische Dimension).

Die Grundlagen dessen zu analysieren, worum es bei dem Kampf geht, das Netzwerk, in das er eingebettet ist, zu begreifen versuchen, wie auch die Kräfte, die darin verwickelt sind, und ebenfalls die Weiterungen erfassen, die konkreten Folgen des Einsatzes, all das ist gewiß eine Notwendigkeit, aber mehr noch eine operative Grundlage. Wie erreicht man die gewünschte Veränderung? Die Niederlage oder doch wenigstens der nur langsame Fortschritt bei den Verhaltensänderungen wirft seinerseits die Frage nach den angewandten Methoden auf. Diese Frage führt wiederum zu den konkreten Strukturen zurück, in die die Beschneidungspraktiken eingebettet sind, oder, vielleicht besser noch, zu den konkreten Strukturen, innerhalb derer sich zeitgleich diese Praktiken und die Bemühungen, die Genitalverstümmelung auszurotten, abspielen. Die Kritik am Reduktionismus der amerikanischen und europäischen Feministinnen hat allerdings nie dazu geführt, daß man die Möglichkeiten untersucht hätte, die erlaubt hätten, das Verschwinden der Genitalverstümmelungen zu erreichen. Zweifelsohne hatte diese Kritik eine andere Zielsetzung.

Setzen wir uns mit dem zentralen Grund für den Mißerfolg der Einmischung auseinander. Ich habe darauf hingewiesen, daß Gayatri Chakravorty Spivak der Einmischung des Westens beim *sati* die Schuld daran gibt, daß die Frauen verstummten. Tatsächlich wird dieses Schweigen mehr akzeptiert als begründet und bloß summarisch erklärt. Ich habe bereits erwähnt, daß auch ich es in Ägypten in bezug auf die Beschneidung beobachten konnte. In diesem Fall könnte man die Verantwortung dafür der ägyptischen Regierung selbst anlasten, nämlich der Macht Nassers, mit der sich die ägyptischen unteren Klassen nichtsdestoweniger identifiziert hatten. Ich muß jedoch auf eine

Tatsache hinweisen: die „orientalischen“ Frauen (die der mittleren und unteren Klassen) sind ohne jeden Zweifel wie die anderen Frauen nur unter gewissen Umständen schweigsam; dann nämlich, wenn sie in einer Situation sind, in der ihr Wort der Ursprung für einen Konflikt mit einer politischen oder religiösen Macht werden kann (oder sie der Meinung sind, daß dies geschehen könnte). Schweigen ist für die Frauen eine von den Umständen abhängende Verteidigungsstrategie. Und wenn ich persönlich sie auch häufig zu Beginn verspürt habe, so verschwand sie, sobald die Gesprächsebene persönlich wurde.

Die These vom Schweigen der Frauen (und in einem weiteren Sinn von Schweigen der Schwachen, der Unterdrückten) kann, wie ich es verstehe, nur dem Geist von Personen entspringen, die ein auf Gegenseitigkeit beruhendes persönliches Verhältnis mit den Frauen aus bescheidenen oder ärmlichen Schichten nicht eingehen können (oder wollen). Zu häufig ist es die These von Intellektuellen, die es sich zur Gewohnheit gemacht haben, für andere zu sprechen, die, kurz gesagt, zu ihrem eigenen Nutzen praktizieren, was sie Sartre vorwerfen. Tatsächlich muß man diese These aus der Perspektive der Strategie des Bürgertums und insbesondere der Intellektuellen der Dritten Welt betrachten, die für sich das Monopol beanspruchen, die mittleren und die unteren Schichten ihres Landes zu vertreten. Dies ist eine beklagenswert miserable und die konkrete Meinung der Frauen aus den Unterschichten und der Mittelschicht – die stets eine Meinung haben – verachtende These. Sich zu bemühen, diesen Frauen zuzuhören, reicht schon.

Das von den Gegebenheiten abhängende Schweigen der Frauen (und im weiteren Sinn der Schwachen und der Unterdrückten) wirft dennoch eine Frage auf. Sei es nun strategisch, sei es ein Mittel der Verteidigung, immer ist es so, daß die Absichten und die Aussagen derer, die von Amts wegen sprechen, als Bedrohung empfunden werden. Als Bedrohung, weil der, der sie vorbringt, nicht zur Gemeinschaft gehört. Und irgendwie liegt die Bedrohung in der Tatsache selbst, daß er Änderung fordert (wahrscheinlich war dies bei Nasser der Fall, der ein Fackelträger der Hoffnung, der Freiheit war und gleichzeitig versuchte, eine nicht gefestigte Gesellschaft zu destabilisieren). Der Kampf gegen die Genitalverstümmelung geht, ebenso wie zum Beispiel die Absicht, den islamischen Schleier auszurotten, von einer politischen Macht aus, die in einen Bereich eingreift, den man ihr nicht zugesteht und der in die Verantwortung der Gemeinschaften fällt. Gleichzeitig wird der Gegenstand des Kampfes, dieser Ausrottungskampagnen – Beschneidung, Schleier – von der Gemeinschaft mit Identität stiftendem Wert ausgestattet. Die Beschneidung und der Schleier bekommen eine Bedeutung, die sie bis dahin vielleicht gar nicht besaßen. Ganz plötzlich werden aus diesen Praktiken Mittel, die Gruppensolidarität zu festigen. Jeder Kampf gegen volkstümliche Einrichtungen geht immer nur von Mächten aus, die der Gruppe fremd sind, ohne daß diese gleich von Anfang an verdächtig wären. Die Schwierigkeit besteht darin, daß der Wille nach Änderung nur aus der Gruppe als solcher selbst kommen kann. Unter diesem Gesichtspunkt ist die Tatsache, daß die Frauen selbst den Kampf in die Hände nehmen, eine Chance und das umso mehr, wenn die Vorkämpferinnen der Bewegung der Gemeinschaft selbst angehören. Deswegen hat mich der Versuch des Sudan besonders interessiert. Ich halte ihn für vielversprechend.

In diesem Punkt bündelt sich die Kritik, die einen „unüberbrückbaren" Gegensatz, eine Differenz in der Auffassung (wie Lyotard sagen würde) zwischen dem weltweiten Diskurs über die Menschenrechte und den eigenständigen Kulturen feststellt.

Die Kritik tut so, als ob die westlichen Feministinnen in ihrem Kampf gegen die Praktiken der sexuellen Verstümmelung isoliert wären. Dem ist nicht so. Die gleiche Leidenschaftlichkeit findet man zum Beispiel bei den Frauen des „Orients" in Ägypten (Nawal el-Saadawi u.a.) und im Sudan (Asma El Dareer, Raqiya Haji Dualeh Abdalla, u.a.), und schon vor der Mobilisierung der Frauen im Westen hatte sich die Staatsmacht in Ägypten, mit der Ära Nassers beginnend, der Ausrottung der sexuellen Verstümmelungen zugewandt, ohne großen Erfolg übrigens.

Der Diskurs über die Menschenrechte wäre hingegen unauslöschlich mit dem Westen verbunden, es wären die Worte der Unterdrükker und sie blieben es sogar, wenn sie aus dem „Orient" vorgetragen würden. Es geht um eine Grundsatzforderung (wenn zum Beispiel Lionnet Nawal vorwirft, westlich zu formulieren, um ihre Gefühle der Abscheu vor der Beschneidung auszudrücken). Aber das Gemisch aus „orientalischen" und „westlichen" Bemühungen, die Tatsache, daß man jeder Verunglimpfung der Praktiken der Beschneidung durch „orientalische" Frauen den Stempel „westlich" aufdrückt, die Stigmatisierung dieser Verunglimpfung durch Ausdrücke wie „Verwestlichung" und „Akkulturation" läßt es legitim erscheinen, Neutralität zu rechtfertigen, also jede Solidarität mit den in der Peripherie geführten Kämpfen zurückzuweisen. Jedes Engagement an der Seite derer, Männer wie Frauen, die einen Kampf gegen Unterdrückung führen, sei abzulehnen. So hielt man sich, weil Sartres Weg von nun an aus der Mode gekommen war, dem Spiel fern. Weil eine hegemoniale Position nicht mehr möglich ist, spielt man nicht mehr mit.

Die Gleichsetzung der Menschenrechte mit dem westlichen Diskurs, einem von den Unterdrückern vorgetragenen Diskurs, ist in Wirklichkeit eine verächtliche Position, nämlich rassistisch angesichts der Anstrengungen, die überall auf der Welt unternommen werden, damit die Rechte des Einzelnen, wie auch immer sie beschaffen sein mögen, von der Staatsmacht respektiert werden (Lionnet hat zweifelsohne dieses Problem erahnt oder gesehen, denn in ihrer Kritik setzt sie den Terminus westlich in Anführungszeichen). Inwiefern und warum sollte sich die Verunglimpfung der Genitalverstümmelung aus einer analytischen „westlichen" Methode herleiten? Tatsache ist, daß eine Konzeption von den Rechten des Einzelnen in allen bedeutenden Zivilisationen existiert (und ganz besonders, um von einem Raum zu sprechen, in dem die Beschneidung stattfindet, im Islam). Und wenn diese Vorstellung in der heutigen Zeit überall auf der Welt auf ein solches Echo trifft, dann weil sie in jeder Frau/jedem Mann etwas Archaisches wachruft (um die Ausdrucksweise von Edgard Morin aufzunehmen).

Während meiner Reisen hat mich nicht die Ablehnung des Interesses, das der Westen Gesellschaften der Dritten Welt entgegenbringen könnte, in Erstaunen versetzt, sondern, ganz im Gegenteil, die Erwartungshaltung der Frauen, aber auch der Männer. Oft hat man mir gesagt: „Erzählt ihnen von uns!" Das bedeutete: „Wir wollen nicht isoliert sein. Wir möchten, daß die Welt unsere Sorgen wahrnimmt." Eine Frau aus einer feministischen Gruppe in Casablanca hat mir gesagt: „Wir wollen keine Beschönigungen mehr, weder wir noch unsere Männer. Wir wollen etwas Handfestes." Diese Begegnungen, diese Erwartungen haben mich angespornt. Ich habe mich mit diesen militanten Frauen, die im gleichen Kampf wie ich stehen, identifiziert. Die Beziehungen zwischen Unterdrückern und Unterdrückten müssen geändert werden, jede Form der Unterdrückung muß beseitigt werden.

Ohne Zweifel gehört der Glaube an die Existenz eines universellen Diskurses über die Menschenrechte einer vergangenen Zeit an, aber der Glaube an den kulturellen Relativismus entstammt ebenfalls einer Ideologie, sowohl der eines Westens, der seine Träume verloren hat und glaubt, die Welt sei stehengeblieben, wie der des Bürgertums, das in den ehemaligen Kolonialländern eine Vormachtstellung erreicht hat und das gern die Träume beseitigen würden, die nicht aufhören, die Kräfte, die sich etabliert haben, zu bedrohen. Und der Kampf zugunsten der eigenständigen Kulturen ist nicht unschuldiger als der zugunsten der Menschenrechte. Dieser Kampf führt zur Globalisierung der Besonderheiten dieser Kulturen, zur Bildung von Reservaten für Eigenständigkeiten.

Den Diskurs über die Menschenrechte gibt es von nun an im konkreten Miteinander der Welt, nicht der Staaten (sie sind im Regelfall nicht dazu in der Lage, außer auf demagogische Weise), und er muß sich heutzutage als Ergebnis eines Prozesses, einer Dynamik, eines Werdens verstehen, das im Dialog entsteht, vielleicht auch in der Konfrontation. Hervorgehen muß das Erebnis aus einem Dialog zwischen Instanzen, die nicht regierungsabhängig sind, zwischen Einzelnen, Gruppen und Gruppierungen. Der Mißbrauch, den die Gesellschaften, die andere bevormunden, begangen haben oder begehen, rechtfertigt in keiner Weise den Mißbrauch durch die bevormundeten Gesellschaften. Sie legitimiert ebenso wenig die Forderung, den Mund zu halten, wozu (zum Beispiel) westliche Feministinnen hinsichtlich ihrer Kritik an widerrechtlichen Verhaltensweisen „traditioneller" Gesellschaften aufgefordert werden. Wenn sie nicht mit Worten der Einschüchterung geendet hätten, mit der Aufforderung zu schweigen, dann hätten zum Beispiel die kritischen Worte von Chandra Talpade Mohanty und Gayatri Chakravorty Spivak Momente in einer segensreichen Debatte für die Rechte der Frauen und Männer sein können. Eine verpaßte Gelegenheit.

Evelyne Accad

Aus dem Französischen von Jochen Collin

Andrée Chedid
Verschüttet
Roman. A. d. Franz. von Sigrid Köppen
200 S., gebunden, ISBN 3-89502-114-8

Ruth Weiss
Nacht des Verrats
Roman. *236 S., gebunden, ISBN 3-89502-113-X*
Südafrika 1998: Ben Glaser, ein junger Anwalt, der für die Wahrheits- und Versöhnungskommission arbeitet, kommt einem der schrecklichsten Verbrechen der Apartheidszeit auf die Spur
„Schnörkelloser Politthriller“ (Westfälische Rundschau)

Pramoedya Ananta Toer
Die Braut des Bendoro
Roman. *260 S., Broschur, ISBN 3-89502-125-3*
Aus dem Indonesischen von Diethelm Hofstra
„Die Braut des Bendoro“ erzählt von einem vierzehnjährigen Mädchen aus einfachen Berhältnissen, das an einen reichen Adligen zwangsverheiratet wird, dem es fortan bedingungslosen und rechtlosen Gehorsam zu leisten hat.
„Daß ein Autor seines Ranges weltweite Beachtung verdient, versteht sich von selbst“ (Frankfurter Allgemeine Zeitung)

Bitte fordern Sie unser aktuelles Gesamtverzeichnis an:

Horlemann Verlag
Postfach 1307
53583 Bad Honnef
Telefax (0 22 24) 54 29
e-mail: info@horlemann-verlag.de
www.horlemann-verlag.de

HORLEMANN